壺を抱いたネコニャ

柊あると
Hiiragi Altō

幻冬舎MC

壺を抱いたネコニャ

ひゃっけんセンセ。　ひゃっけんセンセ。
あなたのノラが　突然消えたように
私のネコニャが　いなくなっちゃいました。
あなたのように　いろんなところを捜しています。
いつ帰ってきてもいいように
準備万端整えています。
ひゃっけんセンセ。　ひゃっけんセンセ。
でも　どこにも広告は出していません。
張り紙もしていません。
誰かの前で　私は泣くことをしません。
ネコニャがいなくたって
ぜんぜん平気って顔をしています。
ひゃっけんセンセ。　ひゃっけんセンセ。
あなたのように　思いっきりうろたえて
マスコミを巻き込んで

隣り近所の住人を引き込んで
日本中の人に心配させて
ネコニャを捜したいけれど
私にはできません。
でもね　ひゃっけんセンセ。
あなたが「ノラや」って
何百万回もつぶやいたように
私も「ネコニャ」って
何百万回もつぶやいています。
ひゃっけんセンセ。　ひゃっけんセンセ。
それに耐えられなくなったから
私は私の中へ　沈んでいきます。

「永遠のさよならなんてさ、けっこう簡単にできるんだ」

カウンセリングを受けていた私は、カウンセラーに向かってつぶやいた。

「え？」

カウンセラーは確認するようにささやいた。

「って、私が『ネコニャ』と呼んでいる少年が言ったの」

「永遠のさよなら？」

カウンセラーの声が右耳から入ってきた。

「そう。彼は言ったあと立ち上がると、財布をジーンズの尻ポケットに突っ込んで、部屋のドアへ向かったの」

私の脳裏には、履き古したジーンズに包まれたネコニャのお尻が見えていた。

カウンセリングにはイメージ療法というものがある。

部屋を暗くして目を閉じ、おなかが温まるようなイメージを作る。温まった頃を見計らって、カウンセラーがささやく。

「温まってきたら、イメージの扉が開きます。何かが見えてきたら教えてちょうだい」

私のイメージの扉は、劇場の舞台に下がっている何重ものカーテンに似ていた。私はその一枚一枚を丁寧に開いていく。重たいカーテンは、きれいなひだを何本も作りながら舞台のそでへと移動していく。やがてそれらがすべて開き終わり、真っ暗な自分のイメージ世界に入り込む。するとその暗がりの中に、だんだんといろんな映像が浮かんでくる。私は思い浮かぶ映像を正直に喋るだけだが、けっこう真実を語っているらしい。意味が解らないときもあるが、現実と照らし合わせると、現在の悩みと一致し納得できることもある。けれど、イメージ療法が終わったあと、カウンセラーがイメージ世界についての自分の考えを語ることはない。私がその世界を見つめ、私が語るだけだ。明快な答えを得るために行っているわけではないが、イメージ療法を受けると私は気分が楽になるのだった。

私は今、『ネコニャ』を失った苦痛から逃れたくて、イメージ療法を受けている最中だった。私はネコニャを見た最後のシーンを思い出していた。

「そのときのことを語れるかしら?」

再びカウンセラーの声が右耳から入ってきた。今日の私は、左耳が聞こえなかった。イメージ世界の中で、左半身が枯れ木になっていたからだ。

なぜそうなったのかは解らないが、左半身はからからに乾いて黒ずみ、死んでいるように無感覚な状態になっていた。私の意識の八割は枯れ木のようになっている左側の中にあった。干からびた左半身は、私にはとても安心できる場所だった。そこにいれば、私を苦しめている言葉や人の動き、目をそらせたい事実などが、鋭利なガラス片や銃弾に姿を変えて突き刺さったとしても、私の意識はダメージを受けないのだった。枯れ木の腕を一振りすれば、突き刺さった無数のガラス片は、簡単に床へ落ちていくだろう。硬く乾いた木をほじくれば、弾丸は簡単にえぐり出される。ダメージの伝播手段となる樹液は一滴も残っていないから、枯れ木の奥底に潜む私は、樹皮に何が突き刺さろうが、痛くもかゆくもないのだった。

左半身全部が、茶色で汚らしい枯れ木としかイメージできない身体だから、何に、どんなに傷つけられても、まったくかまわないと思えるのだった。

けれど右半身は生身だった。そこには二割の意識を残していた。

ガラス片や銃弾に象徴されている『もの』は、右半身にも容赦なく突き刺さっていた。でもたった二割の意識では、痛いとか苦しいとか辛いとか、そういった感情は湧いてこなかった。「ああ、何か当たっているなぁ」と思うだけで、無感覚といってもいい状態になっていた。その二割の意識が、カウンセラーへの説明役を引き受けていた。

枯れて死んでいる左半身は、完全に外部との接触を拒否していた。そこに逃げ込んでいる八割の意識は、現実で私を苦しめている『もの』から目をそむけ、関わろうとしていなかった。自分の意識の中に潜む苦痛を右半身が語っているにもかかわらず、左半身は他人の身に起きた出来事のように聞き流していた。

説明している右半身の二割の意識も、それを自分のこととして捉えていなかった。右半身もまた、他人の身に起きた事柄を傍観しながら、第三者に説明する程度の感覚だった。

私を苦しめている『もの』を吐き出すために、イメージ世界で、私は自分に都合がいい『私』になっていた。

なぜならこれらは、素のままだったら絶対に喋れない、誰にだって一つくらいはある『汚点』という名の秘密だ。プライドが高ければ絶対に口にはしないだろう。

そんな事柄でさえも、イメージの中で半身が枯れ木になっている私は、トイレット・ペーパーをてぐる程度の日常的軽やかさで、からからと記憶の中からその汚点を引き出し、ころころと芯を回転させるように、舌は何のためらいも後悔もなく私の恥部を喋っていた。こうして私を苦しめている秘密はカウンセラーの前に晒され、秘密ではなくなっていくのだった。

「彼は『永遠のさよならなんて、けっこう簡単だ』と言ったのね?」

「そう。ネコニャは右手でドアノブを掴むと私を振り返り、左手を耳のところまで持ち上げて、招き猫のように丸くしたの」

私は喋りながら意識を分銅に変えていた。八個を左半身の皿に載せると、それはずしっと傾き、左側に意識が固定されたイメージが生まれた。これで、そう簡単には八割の意識が右側に移動することはない。苦痛を苦痛と思わずに、右半身は喋れるだろう。

生身の私のままならば、その状況を思い出しただけで悲鳴を上げるであろう発端の風景を、白いトイレット・ペーパーがからからと音を立てて床へ落ちていくイメージの中で、右半身の私はどんどん喋りだした。

「『バイバイ』と言ったわ」

「そのままいなくなったのね？」

「ええ。小さな声でね、そう言ったの。たぶん」

「たぶん？」

「他の音の方がよく聞こえたの。私にはそっちの音の方が拾いやすいから」

「何の音が聞こえたの？」

「ドアの閉まる音。ロック部分の金属が出した硬い音と、木と木が当たる丸みを帯びた音の両方が、まず文字になって見えたから、それを読んでしまったわ。続いてテレビから四時の時報が文字になって頭の中を流れて、家の柱時計の音がかぶさるように六音、文字になったわ。耳から入ったら、読まずにいられないの。何よりも優先されてしまう世界なの。頭の中に文字の帯が流れていくのよ。それはとても鮮明な映像だから、読みたくなくても読んでしまう」

「よく、解らないわ。どんな文字が読めたのかしら?」

「かちゃっは『レミッ』。ばたんが『ラドミ』の和音。時報は『ラ』。時計は『ラ・ド・ファ・ソ#・一オクターブ上のド・ファ』の和音」

「それは、読むものではなくて、聞こえるものでしょう?」

「そうね。正確にはそう言うのかも知れない。でも、どうやっても『ド・レ・ミ・ファ』っていうカタカナが頭の中で文字になるの。シャープ系のたった十二文字に置き換えているから、私の場合、聞こえるというよりは、やはり読めると言ったほうが近いわ」

「もしかして、絶対音感というもの?」

「そう。音の世界は十二文字しかないの。喋る言葉までは文字として読めないけれど、それ以外の音は十二文字のどれかに置き換えることができるわ。だからネコニャの声は『バイバイ』と聞き取れた。でも他の音がたくさん鳴っていたから、それらを読まずにはいられなかったの」

「そのあとの様子を喋れるかしら?」

「ええ。枯れ木の中にいるから平気よ」

　私は彼女に説明を始めた。

　ネコニャが失踪したのは、一緒に住むようになった日から数えて、ちょうど一年後の十月十一日だった。

　玄関のドアが閉まった音の残響が耳から完全に消えた頃、私は彼との会話を思い出す気になった。

「えーとぉ……。永遠のさよならって……、何だったっけ。私が言ったような気がするけれど」

　食べかけのアイスクリームを一匙すくい、ゆっくりと口に入れた。目の前に彼が食べ残したアイスクリームがあった。その白の向こうにあるドアをもう一度見た。

　ネコニャの陽炎のような残像が、先ほどの情景を再現しはじめた。

　割り箸のような足があぐらをほどき、すっと立ち上がった。白い靴下がフローリングの床に映っていた。そこに目が惹きつけられた。大きな足の裏が規則正しく持ち上がり、きれいな窪みを作った。土踏まずの流れるようなラインに、背筋がぞくっとした。

　うーん。すてき。

ドアに掛けられた腕は、少年特有の華奢な筋肉と大人の男の長さを持ち、アンバランスな魅力を漂わせていた。ネコニャが振り返った。左手がゆっくりと耳のところまで上がって、細長い指が丸くなった。

可愛いっ！

ネコニャの姿は、6Hの鉛筆で描いたデッサン画のように繊細で、薄い色をしていた。それがすうっと軽く消しゴムをかけたように、ドアの向こうへ消えていった。

「バイバイ」

え？

ネコニャの声が、頭の中に響いた。

そうだった。「バイバイ」と言って、ネコニャはいなくなった。どんな顔をして言ったのか、まるで覚えていなかった。手の動きとか、足の長さに見とれていて、肝心の顔を見るのを忘れていた。もしかすると、あの一連の流れを持つ表情だったかも知れない。

うん。絶対にそうだろう。

時折見せるその表情は、何かを語ろうとしていた。けれど一度もその表情から言葉が語られたことはなかった。唇を真横に引いて、微笑むだけで終わるのだった。そのとき、伏せた目からは、どう表現したらよいのか解らない色をした何かが、いつも流れ落ちてきた。でもネコニャはそれを振り切るように顔を上げて、もう一度弱々しく微笑むのだった。

もしあの顔をしていたらどうしよう。

突然不安になった。ゆっくりと口からスプーンを出して、もう一度アイスクリームをすくった。皿の中に白くてとろりとした雫が、ポタポタと垂れていった。重そうだった。ミルク・クラウンなんて美しいものは絶対に作れない重い雫だ。それが、甘ったるいバニラの味に酔いしれて感覚が鈍化している私のように思えた。その私が、ネコニャが何をしたのかと考えることを拒否した。

「まぁ、いいか。おなかが空けば帰ってくるだろうから」

勝手に納得して、アイスクリームを口に入れた。どうせすぐに戻ってくると思った。私が心地よい生活をしていたから、一緒に住んでいるネコニャも、当然そうだと思い込んでいた。

それにあの子がついてきちゃったから、私は拾った。自分の意思でここに来た子が、いなくなるわけはないと思った。ネコニャが戻ってくるところはここしかない、とも思っていた。

私は胸を締めつけるような不安感を、そんな思い込みで抑えつけた。でも、それっきりネコニャは帰ってこなかった。

　私はパブでピアノの生演奏を聴かせる仕事をしている。十六歳からドイツに留学までして一流のピアニストを目指していたが、人前で弾くのは苦手だった。正直に言えば、自分に自信がなかった。人と競ってまでソリストになりたいとは思わなかったが、それを希望していた両親にその意思を伝えるのは面倒だったし、親から離れていることに快適さを感じていたから、私はドイツに居続けた。が、そんなある日のこと、両親がヨットで太平洋を旅行中消息不明になってしまった。もう七年も前のことだ。

　出資者がいなくなったので、ドイツにいる理由も自身の意欲もなくなった私は、帰国して地元の音大に入り直した。

　しばらくはクラシックをきちんとやっていたが、そのうちジャズやポピュラーピアノに興味を持ちはじめ、そちらがメインになっていった。演奏家も教師も性に合わないし、かといって鍵盤を叩く以外の特技は持っていなかったので、パブでピアノを弾くことにしたのだった。

　パブで働くようになって三年が過ぎた頃だった。住み込みのバーテンダーだと紹介されたのがネコニャだった。

「トーヤです」

華奢な上半身を折り曲げるようにして礼をした彼が、頭を起こすときに私を見つめた。その瞳を見た瞬間、ふっと何かが脳裏を横切ったが捕まえられなかった。

「以前どこかで会ったかしら？」

私は記憶を辿るようにつぶやいた。

「いいえ、初対面です」

にこっと笑ったその表情は、とても彼が主張する二十一歳のものには思えなかった。もうすぐ二十六歳になろうとしている私と四つ違いの男には見えない。十八歳くらいだろう。ちょっと目を惹く感じの子で、私は見ない振りをしながらも、彼を見つめていた。

「ねぇ、ちょっと秘密の匂いがするわね」

ウェイトレスをやっているみちるが、私の耳元でささやいた。彼女とは同い年だったので、割とよく話をした。

「そうね。不思議な感じがする子だわ」

口下手の私と比べ彼女はよく喋るし、私から見れば実に健康的な精神の持ち主だった。悩むということがあまりないらしい。物事を割り算で考えているかのように、ここではこの顔、この人にはこの顔で付き合うと、しっかり割り切って接していた。

私には、彼女が私向けの顔で付き合っていることが解っていた。けれどそれはけっして不快なものではなかった。それよりも、私の性格をよく把握しているようで、とても楽だった。

「あら？　ひいちゃんが気にするなんて、これはよほどだぞ」

みちるがからかうように私の目を見つめた。

「そ、それは……」

言い訳できず、ぶわっと汗が吹き出した。

「ごめん、ごめん。ひいちゃんってかまいたくなるのよ。だって、人を怖がっているんだものぉ」

みちるは私の首に両腕を絡めて、抱きしめるのだった。

「怖いっていうか、その、人の目が気になるのよ」

「八方美人ねぇ。人の目なんか気にしないのよ。だーれもあなたをいじめやしないから」

「だって」

「ひいちゃん、いじめのトラウマがあるね？」

みちるは悪戯っぽい目をして、私の顔を覗き込んだ。

「カウンセラーの卵さんにはお見通しか」

私は大きなため息をついた。そう。私には中学生時代にいじめられた体験があった。彼らと同じ高校へ進学することはどうしてもいやだった。だから彼らから逃れるように、関係を切り捨てるために、私はドイツへ行った。いじめられないだけの自分、いじめられない年齢、私をいじめたことを奴らが忘れてしまう時間。そこに至るまでは、絶対に戻らないと誓ったのだった。

十九歳で帰国し、この年齢ではさすがにいじめられることもなかろうと思ったが、中学の同級生とはまったく連絡を取らなかった。

帰国して間もなくクラス会の誘いの電話があった。適当な理由をつけて断った後、自分の顔を鏡で見た。

そこには中学生時代の暗い表情をした私はいなかった。穏やかに微笑む顔が映っていたが、目は笑っていなかった。それは声楽の個人レッスンで教わった笑顔だった。目は真剣に物を見つめ、口元は人に不快な感情を与えず、ゆとりがあるように見せる技術だ。演奏家の顔はそうやって作られていくのだと、声楽の教授に笑い方を教わりながら思った。

いじめられたくない私は、その技術を日常にも取り入れたのだった。自分の感情を抑え、どんな刺激に対しても本気で感情的なリアクションをしなくなった。『当たり障りのない笑顔』という仮面を着け続け、感情に流されることは絶対にしなかった。それほどに人に対して心を閉ざし、関わろうとしなかった私が、あんな年下の少年に見とれてしまったのだから、自分でも驚きだった。

私の目を惹きつけたものは、トーヤが放っている色だった。瞬時に、絹の光沢を思い出した。艶やかだが掴みどころがなく、それでいて明暗のはっきりした幽玄な輝きだった。その色を放つ肢体は、まだ男の筋肉がつき切っていなかったし、腰は私の腕でも充分余るほど細かった。さらに、少しでもうつむくとすぐに顔を隠してしまう霧雨のような髪と顎の細い線が、男としては弱すぎる感じがした。

そんな容姿を持ったトーヤの雰囲気は、何となく不安定で運が弱そうだった。それでだろうか、私は彼から目が離せなかった。

みちるはあの性格だから、トーヤとすぐに打ち解けていたが、私は遠くから眺めるだけだった。私はピアノと話すのは得意だったが、生身の少年には言葉すら通じないのではないかと思った。少年とどういう会話をすればいいのか解らなかったから、彼が近づいてきただけで自律神経の働きが狂い、顔は真っ赤になるし、心拍数は上がるし、汗はだーだーと流れてきて、そのたびに更衣室で着替える羽目に陥るのだった。

トーヤが店に来てからは、私はパブへ出勤するとき、三回分の着替えを持つことと、ファンデーションをべったり塗っていくことが習慣になった。真っ赤になる顔を隠すにはこれしかなかった。

「ひいちゃん、全然彼に慣れないわねぇ」

みちるが私の額に浮かんだ汗を見ながら笑った。

「やめてよぉ。何でこんなに緊張するのか、自分でも解らないんだから」

私は火照った頬に手を当てた。今日初めての着替えだった。

「そんなに汗だくになるほど気になる子かしら？」

みちるはくすくす笑って、私の着替えを見つめていた。

「情けないわ」

「トーヤが悲しそうに言っていたわよ」

「え？」

「上条さんは僕が嫌いなのかなぁって。すぐに逃げ出すし、話し掛けても答えてくれないって。嫌いなの？」

「いや、そんなつもりはないんだけれど」

また汗が吹き出してきた。

「とにかく、そんなに怖がらなくったって平気よ」

みちるは更衣室を出ていきながら、もう一度声を掛けた。

「ひいちゃんが練習しているとき、トーヤは休憩時間でしょう？　『そばでピアノを聴いていたいなぁ』って言っていたわよ。あの子、他の女の子には興味を示さないけれど、ひいちゃんには興味あるようよ」

「うそ⁉」

こんな年上に？　と思った。

「あなたか、ピアノかは知らないわよ」

なるほど。ピアノということなら解る。そういう趣味があってもおかしくはない。生演奏を好む人がいるから、私のような仕事もあるのだから。

着替えを終え、指慣らしのためにピアノが置いてある場所へ向かう途中、壁に寄り掛かって本を読んでいたトーヤが、私に気がついて本から視線を離した。

「あ、あの。別にあなたが嫌いなわけじゃなくて、その、私は人見知りが激しくて、あの。ああ、どう説明したらいいのかしら」

胸の谷間を汗がツーっと流れていった。背骨のところにも流れ落ち、ショーツまで辿り着いているのが解った。

「ああ、もう！」

私は再び更衣室に駆け込んだ。全身汗びっしょりだった。結局下着から全部着替えて、再び同じ場所を通ると、トーヤが今度は初めから私を見つめていた。

ああ、ついに三回分の着替えを着尽くしてしまうわ。

私は天を仰いだ。

「僕ね、怖くないよ。落ち着いてよ。そんなに緊張しないでください。お願いします」

トーヤは深々と頭を下げた。

「怖いんじゃなくて……」

私は大きく深呼吸をすると、自制するかのようにグッとこらえた。ここで汗を出したらまずいと思った。

「僕が近づくと逃げるんだもの」

彼の上目遣いの表情がとても悲しそうに見えたので、罪悪感が込み上げてきた。

「ごめんなさい、悪気はないの。あなたが嫌いなわけでもないし。ただ単に私って、なかなか人に慣れないから……。私こそ、ごめんなさい」

彼とこんなに長く話したのは初めてだった。でも、話せば慣れてくるのが私の性格だったから、やっと一歩彼に近づけたような感じがした。

「ピアノをそばで聴いていてもいい？」

「え？」

「話し掛けないからさ。ただ聴いているだけ。あなたが気にしないように静かにしているから。いい？」

　ここまで言われて拒否したら、嫌っていると思われるだろう。彼が嫌いなわけではないから、居たいと言う人には、私が慣れるしかないと思った。

「静かにしていてね」

「うん」

　彼は私の後をついてきた。やがて私から離れていき、私の視界の隅にほんの少し入る場所に座り込んで、壁に寄り掛かった。


「絹の光沢？」

　カウンセラーがノートに私の言葉を書きつけている音が聞こえてきた。

「ええ。艶やかな輝き。明と暗がものすごくはっきりしている。それなのに繊細なの」

　私は絹地を思い浮かべてつぶやいた。

「彼のイメージがそうなのね？」

「そう。プリズムのイメージもだぶります」

「プリズム？」

「はい。プリズムは目の前に存在しているでしょう？　でもそれが放つ虹は掴めない。その幽玄さが絹の光沢にもあるのです。掴もうとしても掴めないのに、そこにあるの。不思議な存在」

「だから緊張するのかしら？」

「ええ。すごく構えていたわ。あのとき……、何か警報が鳴っていたような気がする」

「警報？」

彼女の問いに、当時を思い出そうと集中した。何に警報が鳴ったのか探ると、やはり幽玄な輝きに行き着いた。

「うん。やっぱり彼が放つ色にだわ。あれには惹かれるけれど、怖いわ。そう、怖かったみたい。近づいたら、何か取り返しがつかないものに囚われてしまいそうな気がしたわ」

「それなのに近づいてしまったのね？」

「だって、遠くにいたときはその色がはっきりと見えていたけれど、彼が近づいてきて、その色が見えなくなって……。あの幽玄な色が放っていた危険はどこに行ったのかしら？解らない。イメージだったから、私と同じ肉体を持つネコニャは、現実だったし……」

私は近づいてきた彼を思い出そうとしていた。

「そう、生身の彼の体温が……。うーん。よく解らないわ」

私はさらに探ろうとしていた。

白いシャツを羽織った彼の胸だけが、私の目の中に浮かんでいた。

「ああ、近づくとあの輝きが消え去っていたのよ。生身の彼は、折れそうなくらい華奢で、何となく不安定な子で、抱きしめたい衝動に駆られたの」


それからは日を追うごとにトーヤは壁から離れ、だんだんとピアノに近づいてきた。やがて、グランドピアノの足が彼の定席になった。そこに寄り掛かって、本を読みながら私のピアノを聴くのが、彼の休憩時間の過ごし方になっていた。

「猫だ……」

ふっとそう思った。小説家である内田百閒の家に、いつの間にかいついてしまったノラを思い出した。ノラは初め、葉蘭の陰で食事をもらっていたが、やがて勝手口で食事をとるようになり、ついには家の中に入り込んだ。ノラは徐々に百閒の心の中に入り込んでいったのだ。ノラが近くにいることに、百閒も自分では気がつかないうちにいつしか慣れていた。

私も百閒と同じだった。確かに初めの頃、ネコニャの存在は視界の片隅に染みついた汚れのように気になった。しかしそれに慣れてきて、いることが気にならなくなった。やがては、いることが当たり前の風景に変わっていた。ついには、そこにいないと不安になるほど、彼は私にとって大切な存在になっていた。私は彼がピアノの音を聴いていると思うから、指慣らしのためではなく、彼に聴いてもらうために弾くようになるほどだった。

ある日、いつものようにピアノの下に潜って本を読んでいたトーヤが、ぽつりとつぶやいた。

「こんな暗くてじめじめしたところじゃなくてさ、太陽が当たる明るい部屋の絨毯の上に寝ころんで、ピアノを聴きながら本を読んだり昼寝ができたら最高だな」

腹這いになり頬杖をついた彼は、文庫本のページをめくった。

確かに、硬くて冷たいフロアーに寝ころんで聴くよりも、ぽかぽか陽気の明るい部屋の中で、おもちゃ箱をひっくり返したようなモーツァルトの曲を聴いたら、きっと楽しいだろう。

「昼間私の家に来ればできるわよ。グランドピアノは日当たりのいい部屋にあるもの」

私はピアノを弾きながら何気なく言ったのだが、自分が放った言葉に一瞬思考が止まってしまった。しかし、そんな私の様子など気にも留めず、トーヤは飛び起きて私を見上げた。

「いいの？　行っても」

少年の無邪気な眼差しが、私の胸を高鳴らせた。ついでに汗もたっぷりと全身に吹き出ていた。

「ええ。いいわよ」

年甲斐もなく彼の視線にうろたえている自分を抑えつけたら、声が一オクターブ高くなった。もっともトーヤは、地図を書くための紙と鉛筆を取りにすでに走りだしていて、そんなことには気がつかなかったようだが。

家までの地図を渡すと、彼は子どものような笑顔で喜び、もし明朝晴れていたら絶対に行くと言った。

私は地図に目を落としているトーヤの横顔を見つめた。髪が顔の上半分を覆い隠し、すっきりと筋が通った鼻と、薄めの唇、線の細い顎しか見えなかったが、目はきっと輝いているだろうと思った。髪を掻き上げてみたい衝動を抑えながらその眼差しを想像し、私は明日晴れることを念じていた。

「女の一念岩をも通す」というが、彼の一念も入っていたのだろう。翌日は抜けるような秋空だった。

　インターホンから聞こえるトーヤの声に、私は玄関を飛び出した。

　今日は精神安定剤を飲んで、彼が何か言っても汗をかいたりしないように準備しておいたから、私の気分は上々だった。それに、汗をかいてもすぐに蒸発してしまいそうなほど涼しい風が吹き、湿度も低かった。

　心地よい日差しと明るい空と穏やかな風――最高の天気だった。庭を横切っている間に、どんどんと私の気分は高揚していった。

　トーヤはだぶだぶの白いコットンシャツにジーンズという姿で、門の前に立っていた。その姿を見て、ふと同じような情景を思い出した。

　両親が行方不明になったと聞いて、急遽帰国したときだった。今彼が立っているところに、小学校高学年と思われる男の子がたたずんでいた。私と目が合うと、その子はあわてて帽子を目深にかぶり直して立ち去った。

「どうしてかしら？　あの少年の映像が蘇るわ」

　私はつぶやきながら、かんぬきを上げた。

　期待に胸を膨らませているかのように、にこにこと微笑むトーヤの髪の中とコットンシャツの中で、風がはしゃいでいた。薄い胸にシャツを張り付けたり膨らませたり、忙しそうだった。

可愛い。めちゃくちゃ、可愛い。

風に嫉妬してしまうほど魅力的な姿だった。私も風になってあの胸で遊びたい。髪の毛の中ではしゃぎ回りたい。そう思うほど、本気で風に嫉妬した。

でも、今日は誰にも気がねしないで彼とだけ話ができるんだし、それで良しとしよう。パブでは忙しくて話をする時間がなかったし、私がビビるからって、トーヤはなるべく私に接近しないようにしていたけれど、今日は大丈夫。薬を飲んでいるし、他に人がいないから、緊張状態もそれほどひどくない。

「いらっしゃい」

彼を庭へ招き入れた。

「えーと、おうちの人は？　僕、迷惑じゃない？」

やけにおどおどとした様子が、もらわれてきたばかりの子猫のようだった。勢いで来てしまったものの、どう見ても女の独り暮らしには見えない家構えに、今さらになって怖じ気づいている様子だった。その姿が可愛らしくて、私は思わずトーヤの左頬に手を当て、ゆっくりと耳たぶを引っ張り、安心させる手段を取っていた。

「気兼ね無用よ。ここには私独りしかいないの」

うーん。人目がないと、私って大胆なことをしちゃうのね。

と思ったのは、私だけではなかったらしい。彼の頬に手を当てたところで、それに気がつき固まってしまった私を、彼もちょっと驚いた目で見下ろしたからだ。

どうしよう……。

手も外せず、視線も外せなくなって、私は硬直した。するとトーヤが、ほんの少し首を左に傾けて、私の手の平に自分の頭の重みを預けると、薄い唇を真横に引いてにっと笑った。

「お父さんやお母さん、いないの？」

さりげなく横を向いて家を見る振りをし、彼は私の緊張を解くようにすっと離れた。

「ええ」

ほっとしたのと同時に、私は両親の話題には触れたくなかったから、軽く受け流して中断させた。

「ふーん」

トーヤは納得しかねるような声を出したが、詮索するのも失礼だと思ったらしく、すぐに気分を変え逆に安心したように見えた。にこっと笑うと、私について家に上がり込み、ピアノ室へ入ってきた。

防音処置を施しているので素っ気ない感じがする部屋だが、充分掃除をし、窓を開け放しておいたため、九月中旬のさわやかな空気が部屋を出入りしていた。

私はトーヤのためにロー・ソファーを準備しておいた。それは二階の自室に置いてあったものだが、絶対に彼が気に入ると思ったから、ピアノ室へ引きずり下ろしたのだった。

私の思惑どおり、ソファーに座った彼はすぐに気に入ったようだった。大きなため息をつくと、ころんと横になって目を閉じた。

私たちはその日、よけいなお喋りは一切しなかった。彼はただ本を読み、私は気の向くままピアノを弾いていた。

「それから彼と親しくなっていったのね？」

カウンセラーがささやいた。

「はい。あんなに得体の知れない不穏を感じ身構えて緊張していたはずなのに、その感覚がまったくなくなりました。すっと心の中に入り込んできた感じです」

ネコニャは、ほんの少しだけ自分のことも話した。本当は十八歳であること、読書が大好きだということなどだった。

私の目の中には、白いコットンシャツを着た彼の胸だけが見えていた。私は風になって、隙あらばシャツの中に忍び込もうとしていた。

「入りたい」

私は思わずつぶやいた。

「え？」

「あの胸に、頬を押しつけたい」

「それは今の感情なのかしら？　今もそう思っているの？」

「今？　違います。今の感情ではないようです。……憧れ？　そんな感じ。ああ。これはあのときの私の感情だわ。まだ手が届かなかったときの、私の憧れだわ」

それは片思いの感情と同じだった。ひきつるような身勝手な欲望が私の中に生まれ、その願望がいつも視線をネコニャの胸の中へ忍び込ませるのだった。

触れたい。抱きしめたい。彼の背中に指を這わせたい。唇で胸に触れてみたい。

衝動的にそう思う自分を、私は無表情で隠し続けた。

「憧れるほど、私の顔から表情がなくなっていくのが解るんです」

「どうして？」

「おかしいでしょう？　八歳も年下の男の子に夢中になるなんて」

私の問いかけに、カウンセラーは答えなかった。

「おかしいの。理性がそう言ったの」

「理性？」

「そう。私の監視役。感情に流されてばかなことをしないように、冷やかな目で私を見下(みくだ)しているの」

「どんな人？」

「私ですよ。冷たい表情をした私。いつも私の斜め後ろにいて、見下したような顔をして私を見ているの。感情で動こうとすると、肩に手を置き振り向かせ、ばかにした顔で私を見るんです」

「そのあなたが、あなたを抑えているのね？」

「あのときはね」

そう言った瞬間、吐き気がした。

「あのまま、監視役がいてくれたら、こんなことにはならなかったわ！」

私は叫んだ。

以来トーヤは、暇さえあれば訪ねてくるようになった。

朝十時すぎ頃やってきて、ピアノ室のソファーに寝ころんで本を読み、眠くなったら昼寝をしていた。

私はトーヤを邪魔だとは思わなかった。彼はピアノ室のソファーから滅多に離れなかった。だから、掃除洗濯に支障をきたさないし、動き方も静かでほとんど音を立てずに歩くから、時々いることを忘れてしまうほどだった。

でも本当にいないと不安になった。とにかくトーヤが視界の中に入っていれば、それで安心するのだった。もちろんもっと近づきたいと思う衝動が突発的に襲ってきたが、私は見ているだけで彼に触れようとはしなかった。触れてしまったら、めちゃくちゃ忘我して、片時も離せなくなってしまいそうだった。だから私はあまり彼には近づかず、眺めているだけだった。

トーヤはいつも猫のように、腹這いになってソファーに寝そべっていた。時折身体を起こして四つん這いになると、透けたシャツを通して野良猫のようにガリガリに痩せているのが解った。その細さがたまらなく可愛くて、抱きしめたくなった。でも私は我慢した。自分から手を出すことは、絶対にしなかった。その感情を抑えるために、私はいつも無表情を演じていた。

けれど食事だけはちゃんととらせた。ろくなものを食べていないのではないかと心配したからだ。

「僕の分？」

食事を出しはじめた頃、トーヤは卓上に並べられた料理を眺めて、驚いた表情をしていた。

「そうよ。独り分ってけっこう作り難(にく)いのよ。トーヤが来てくれると私も助かるの」

私は煮物や焼魚、味噌汁を並べた。

「おいしい！　お母さんの味とおんなじだ」

トーヤは嬉しそうに叫んだ。

「そう？　たまには帰るの？」

私は何げなく聞いたが、すぐさま後悔した。年を偽って働いている彼に、複雑な事情がないわけはない。

「もういないから」

トーヤはぽつんとつぶやいた。

「そう。ごめんね、立ち入ったことを聞いて。さぁ、遠慮しないでどんどん食べてちょうだい」

私は場の雰囲気を変えるように、努めて明るい声で料理を勧めた。

育ち盛りの少年の食べっぷりには、惚れぼれするものがあった。あの細い胴体のどこにこれほど大量の食べ物が入るのかと、いつも不思議だった。

「僕はおなかの中に、ブラック・ホールを持っているんだ」

すでに二杯目のご飯を食べ終えたトーヤの言い分に、彼の胃袋の辺りを眺めながら、まんざらうそではないかも知れないと思った。

「そんなわけないでしょ」

真面目な顔で聞いていた私を見て、彼は呆れたように笑った。

そんなトーヤと私が一緒に暮らしはじめるようになったきっかけは、雨漏りだった。パブの独身寮はけっこうなぼろ屋で、たまたま彼の部屋の屋根が傷み、雨漏りがひどくなった。それが直るまで他の従業員の部屋に居候するようにとオーナーに言われたそうだが、どいつもこいつも、女は連れ込むは夜更かしはするはで、他人と一緒に住めるほどの配慮は、持ち合わせていなかったらしい。

「僕、あのソファーがいい」

トーヤは店のグランドピアノの足に寄り掛かり、私を見上げて言った。

その眼差しが、「僕を拾って」と語っている気がして、私はいやとは言えずに拾ってしまった。ノラは水瓶に飛び込んだことが百閒先生との縁の始まりだったそうだから、ずぶぬれの姿は、人の心の隙間に入り込む、猫のとっておきの手なのかも知れない。

トーヤはピアノ室を住処にした。もともと日がな一日我が家で過ごしていた彼が、夜もいるようになっただけだから、さして違和感はなかった。

「トーヤって猫みたいね。いてもじゃまにならないし、自分の世話は自分でするし。好き勝手に生きているのも、猫みたいよ」

私はピアノを弾きながら言った。

「にゃおん」

トーヤは本から目を離さず、右手で拳を握り耳に当てて招き猫の仕草をした。私が彼を『ネコニャ』と呼ぶようになったのはそれからだった。

「以降、ずっと一緒に暮らしていたのね?」

カウンセラーが静かに注意深く喋った。

近づいてきたからだ。私の悲鳴の元が、もうすぐやって来る。けれど今の私ならば、それが来ても大丈夫だろう。イメージ世界に入っている間だったら傍観者の立場で喋れるはずだ。でも、この世界から出たら、私は再び悲鳴を上げる。だから今は出ない。この世界に留まったままでいたい。安息したい。逃げたい。すべて忘れてしまいたい。枯れ木の中にこもったまま、時間を止めてしまいたい。

「ああ！　どうしてこんなに苛つくのかしら」

私は吐き捨てるようにつぶやき、そのまま言葉を続けた。

「これは監視役の私だわ」

「監視役は、どうして苛ついているの？」

カウンセラーが尋ねた。

「さぁ？」

「喋りたくないのかしら？」

「たぶんね。恥部よ、恥部！」

私は吐き捨てるように言った。

「言いたくないことは、言わなくてもいいのよ」

「言いたくない？　違うわ。言えないのだわ。言いたいと思っているのに、言えないの。あんまり愚かすぎて、恥ずかしくて喋れないのよ」

「そんなに恥ずかしいこと？　何が？」

カウンセラーが尋ねた。

「ネコニャと過ごした日々？　変ね。どうしてそう思うのかしら」

私は答えを求めて自分の心の中を探りながら、自分に問うた。

「ああ、きっと失敗したからだわ。彼が消えてしまったという結論があるから、恥ずかしくて言えないのだわ」

「その結論が恥ずかしいのね？」

彼女が確認するように言った。

「結論が恥ずかしい？　イヤね。何てプライドの高い女なのかしら。私って、そんなに偉い奴だったのかしら？　いなくなっちゃったものはしょうがないって、どうして思えないのかしら」

私は顔をしかめた。

「そうよ。私はプライドが高いのだわ。だから逃げ込んでいるんだわ」

私は深く息をついた。

「喋る。眠りたいもの。この苦しさを処理したいの」

やがて冬が近づいてきた。冷え性の私は、すでに十月末頃から電気敷毛布を使っていた。自分の体温だけではベッドの中が温かくならないので、私はこれがないと眠れなかった。その大切な敷毛布が故障してしまった。全然温かくならなくて、私は愕然とした。丸まってみても、うつ伏せになっても、掛け布団を一枚増やしても、布団の中は温まらなかった。特に足先の冷たさといったら、耐えられるような温度ではなかった。仕方がないからバスルームへ行き、洗面器に湯をはって足を温めてみた。そのときはいいのだけれど、階段を上がりベッドに潜り込む頃には、足はまた氷のように冷たくなっていた。

「どうしよう」

私はバスルームでもう一度足を温めながらつぶやいた。

「どうしたの？」

振り向くと、ネコニャが目を擦りながら立っていた。

「電気敷毛布が故障しちゃったのよ。寒くて眠れないの」

眠れないという絶望感に支配されている私は、足を拭きながら訴えた。

「なんだ、そんなことか。僕一緒に寝てあげる」

彼は大きなあくびをした。

「え？」

私はどきっとした。

「猫って温かいんだ」

ネコニャは背を向けると、私の部屋がある二階へ向かった。彼は自分のテリトリーである一階にいることが常で、私の部屋がある二階へ行くのは初めてだった。私はあわててついていった。

階段を上るネコニャの背中に目が張り付いていた。細いと思っていたのに、けっこう広くて驚き、思わずパジャマを脱いだ姿を想像してしまった。

こ、心の準備がー。まさかこういう展開になるとは。そりゃ、いつかはなってもいいかなって思っていたけれど、私は年上だし、ネコニャとそういう付き合いするとは思っていなかったし、ネコニャはもてるし、私なんか相手にするはずないと思っていたし。えーと、一体私は、何をうろたえているんだ。

私の思考は、遠く宇宙の果てをうろついているような感じだったが、それに比べて、ネコニャの背中は堂々としていた。階段を上がり切ると、首を左右に振って三枚あるドアを見たが、ためらうことなく一番右、つまり西の端にある私の寝室へと歩いていった。

「ファンヒーターは点いている？」

ノブを握りながら振り返った。

「ええ」

私はうろたえながら頷いた。

「じゃあ、しばらくあたってて。僕、ベッドの中を温めてあげるから」

ネコニャは部屋に入り、ベッドに潜り込んだ。私は言われるままファンヒーターの前に座った。

落ち着けーぇ。

私はおなかの底の方で唸り続けていた。

「そろそろいいよ」

ネコニャの声に、心臓が口から飛び出すかと思った。

「は、はい」

私は自分で言うのも何だけれど、ものすごいスピードで反応したと思う。素早く立ち上がり、ファンヒーターを消してベッドに近づいた。

「ん、もう大丈夫だよ」

ネコニャはあくびをしながら、掛け布団をめくり上げた。

そんな簡単に招き入れないでよぉ……。

　私がおずおずと彼の懐の中に入ると、ネコニャは背後から身体に両腕を回して擦り寄ってきた。

　きゃー！　抱かれちゃったぁ。どうしよう。このまま身動きしないでいるべきか、それとも何か反応した方がいいのかしら？　あっ！　ファンヒーター消しちゃったぁ。寒いよねぇ。

　などと考えている間も、彼はごそごそと擦り寄っていた。

「温(あった)かいでしょう。僕、足も熱いよ。くっつけたら少しは温まると思うよ。んじゃ、おやすみ」

　そう言ったと思ったら、もう頭上から寝息が聞こえてきた。

「え？」

　私は自分の胸の前で組まれたネコニャの腕に両手を掛けて振り返った。

「眠っている」

　私は呆然とつぶやいた。

　うそだー！　と心の中で叫んだ瞬間、どっと気が抜けた。

　猫だ。やっぱり猫を拾ったんだ、私は。男を引っ張り込んだんじゃない。

　身構えていた分、正直がっかりした。でも明らかに八歳近く年下の少年に、抱いてもらえなかったと怒るのも大人気ない。ここはやはり、猫だと割り切って付き合わないと、自分が惨めになると思った。

それ以来、私とネコニャの関係は飼い主と猫になった。

私はネコニャに家中を開放した。どの部屋に入ろうが、私は気にしなかった。ただ一室を除いて……。

私は十代後半をドイツで過ごし、その間ほとんど帰国しなかった。たまに帰ってきても、自分の部屋と、居間とピアノ室があれば、それで充分事が足りていた。だから二階の一番東の部屋がどうなっているかなんてことは、まったく興味がなかった。私は勝手に母の趣味の部屋だと思い込んでいた。

確かに母はそう言った。一時帰国したある日、「ここは私の楽しみの部屋なの」って、母は言ったのだ。だから私は、市松人形が好きな彼女が、私から見れば不気味にしか見えない日本人形を、大量に置いているものだと思い込んでいた。市松人形の眼差しは、まるで生きているかのようで怖かったから、私は母の道楽で集めた物を置いてあるはずの部屋に、入ろうとは思わなかった。

両親はいまだ失踪扱いのままだ。あれからすでに七年が過ぎ、家庭裁判所に失踪宣告を提出できるだけの年数が経ってしまった。そろそろ申請をしようとは思っていたが、それを提出して認められるまでは、東の部屋を開ける気はなかった。けれど、家中の探検をはじめたネコニャが、そこを開けてもよいかと言ってきた。

「不気味な市松人形が、戸口を睨んでずらっと立っているのよ、きっと」

私はそれを想像しただけで寒気がした。

「お母さんが、そう言ったの？」

ネコニャはまったく信じていない様子だった。

「言いはしなかったけれど、彼女の楽しみといえば市松人形よ、絶対に！」

私は断固として譲らなかった。

「他に楽しみができてさ、そんな物じゃないかも知れないよ。それに、例えば市松人形が部屋の主になっていると考えたら、怖くない？」

「こ、怖いわよ。だから開けないんじゃない」

ネコニャは悪戯っぽい目でにやりと笑って、私の目を覗き込んだ。

私は思わず一歩後退した。

「あなたが開けなくても、夜な夜な勝手に歩いていたりして」

「やだー！」

私はとんでもないことを想像してしまった。東の部屋の床が透けていて、その下にある居間や、その横のピアノ室を、市松人形たちが見下ろしている図だった。一日中睨みつけられている気がして恐ろしくなった。

「開けるー！　もし本当にいたら、処分しちゃう」

母が戻ってくるとは思っていなかったから、どこかのお寺にでも持っていって、手厚く供養して処分してもらおうと、私は一瞬のうちに計算していた。

私はネコニャの背中に張り付いて、その部屋に向かった。中央の階段を上って左側、つまり東に向かって二階を歩くのは、七年ぶりだった。

「上条さん、よくそんなに長い間、放っておいたねぇ。普通、怖くてできないことだよ」

ネコニャは呆れたように言った。

「だってあの部屋だけ、ないことにしておいたんだもの。とにかくこの家の必要最低限の部屋だけ使って、生活していたんだもん」

私は彼のトレーナーを握りしめていた。

「じゃあ、開けるね」

ネコニャが私を振り返った。

「うん」

私は頷き、ネコニャの脇腹からドアノブを覗き込んだ。彼はゆっくりとドアを開けた。七年間閉め切っていた部屋から濁った空気が流れ出し、それが鼻腔を這い上がってきた。廊下の空気よりも生暖かく、酸素が少ないように感じられた。

「息苦しい空気だわ」

私のつぶやきと同時に、ネコニャが一気にドアを開けた。

「え？」

彼の背後から覗いて、私は思わず顎を突き出した。そこには一体の市松人形もなく、ありきたりな家具が置かれた部屋があった。

そう、誰かの部屋だった。

「誰の部屋？」

私は思わずつぶやいた。我が家は三人家族で、父母の部屋は一階にある。二階は私の寝室と勉強部屋とこの部屋があるのだが、ここは確か、母が趣味の市松人形の着物を作るときだけ使っていたはずだ。それが誰かの部屋に変わっていた。

東と南の窓に掛かっているカーテンはブルーで、ベッドカバーもブルーだった。ナラ材を使った丁寧な造りの机が真新しかった。本棚には一冊の本も入っていなかったが、しっかりとしたいい家具だった。大きな洋服ダンスやベッドも、とても感じのよい造りだった。

いずれも高価な物であることは、素人の私にも解った。これを見ただけで、揃えた母の想いが伝わってくるようだった。

私は部屋に入り、カーテンとガラス窓を開けた。新鮮な空気と日差しが、部屋の隅々まで入り込んできた。

明るい日差しの中に浮かび上がったそれらの家具は、使われた形跡がまったくなかったが、七年間か、それ以上放置されていたから、何となく薄汚れていた。

私はタンスを開けた。中に洋服の類は一枚もなかったが、シーツやタオルなどが、丁寧にたたまれて入っていた。それらはすべて寒色系の色合いをしていた。この部屋が男の子のために用意されたものだと想像できたが、私は独りっ子で兄弟はいない。どうして両親がこんな部屋を用意したのか、皆目理解できなかった。

「隠し子でもいたのかしら」

私はつぶやきながら振り返った。ネコニャがくすんだ灰褐色の机を指で触っていた。伏せた目から、すうっといとしさがこぼれ落ちているような感じがした。

「ネコニャ？」

私は彼に声を掛けた。

「ん？」

ネコニャははっとしたように私を見た。

「どうしたの？」

「僕、机って持っていなかったから」

私は彼に近づいた。

「こんなにほこりが溜まっている」

ネコニャは机に指を這わせた。

「本当ね。七年以上放置しているんだもの。仕方がないわ」

私は部屋を見回して、これをどうしたものかと思案した。

「この部屋、どうしよう。これって、絶対に誰かのために用意された部屋よね」

「うん。そうだね」

ネコニャはぐるりと部屋を見渡した。

「それも男の子用だわ。いったい誰の部屋だったんだろう。下宿人でも置いていたのかしら？　ううん、そんなはずはないわ。この家具の造りは、下宿人に貸すには上等すぎるわ」

私はつぶやいた。

「こんな風になっていなかったら、ネコニャの部屋にしてあげようと思っていたんだけれど。困ったわ」

私はベッドに座った。彼も横に座った。

「両親はね、七年前にいなくなってしまったの」

「どうして？」

ネコニャは私の目を覗き込んだ。

「さぁ？　その頃私はドイツにいたから解らないわ」

私は彼の視線から顔をそらせた。

「そろそろ失踪宣告をしようと思っているの。両親の死亡が法律で認められたら、私は天涯孤独のお気楽人間だわ」

私は天井を見上げて笑った。

生きているのか死んでいるのかさえ解らない両親の存在は、身体に絡み付いた紐の先についている小さなおもりのようなものだった。ちょっと気にすると重いが、忘れているときは、ほんの少し不自由な感じがするだけのものだったが、どちらにしろ、身体に絡みついたうっとうしいものではあった。もう帰ってくるとは思っていなかったから、死んだということに決まれば、それはそれでいいと思っていた。諦めもつく。彼らはもういない。

「来年になったら、この部屋を処分するわ。それまでは両親の意思を尊重する」

私は窓を閉めて、再びカーテンを引いた。

「彼らが誰かのために用意した部屋よ。それが誰かは、私にはきっと永遠に解らないわ」

二人がいない以上、その答えは出ない。疑問は未消化のまま、私の心の中に放置しておくしかなかった。

「この部屋に住む予定だった人は、きっとご両親がいなくなって、がっかりしているだろうね」

ネコニャは部屋を見回した。

「誰?　それは。この家の子どもは私だけよ」

腑に落ちない気持ちを抱いたままだった私は、思わず彼を睨んだ。

「そうだね」

ネコニャはふっと笑うと、さっさと部屋から出ていった。私もなるべく早く書類を作成して、通知が来るまでは二度と入るまい、と思いながらドアを閉めた。

以降私も彼も、階段から左側のエリアには行かなくなった。

「ご両親の存在は重いの?」

「髪の毛の一本に、洗濯ばさみをぶら下げたくらいの重さです」

「おもしろい表現だわ」

「あれって軽いけれど、引っ張られると痛いでしょう？　重くないのにうっとうしいじゃないですか」

「解る気がするわ。部屋のことは気になる？」

「もちろん。でももう彼らはいないのだから、私には関係ないわ。探る気もない」

「それでも洗濯ばさみくらいの重さがあるのね？」

「ええ。うっとうしいわ。嫌いだわ。早くエンドマークをつけたいわ」

私は顔をしかめた。

「何に？」

「すべてを終わりにしてしまいたい。こんなに苦しいのなら、いっそ忘れてしまった方が楽だわ」

「忘れることはできないのよ。でもね、目をそらすことはしていいのよ」

「どういうこと？」

「見たくないから、見ないでおくの。今、結論を出さなくてもいいから、ちょっと横に置いておくの」

「できるんですか？」

「ええ。でもその前に、ちょっと休憩しましょう。イメージ世界を閉められるかしら」

「大丈夫です」

私は身体を小石の陰に隠れられるほど小さくした。

「大丈夫。ここでゆっくりと休むわ」

石にもたれかかった私から、現実へ帰る私が離れた。

私のイメージ世界は劇場の舞台が出入口になっていた。私は舞台の上に立ち、イメージ世界を振り返り、一枚一枚カーテンが丁寧に閉められていくのを確認していた。やがて数枚のカーテンが完全にイメージ世界を隠すと、私は舞台から客席へ飛び降りた。

現実世界の私が中央付近の客席に座って、イメージ世界から帰ってきた私を待っていた。私はその私の中へ入ると、終演し暗くなった舞台をもう一度眺めた。

「ああ」

意味のないため息をつくと立ち上り、私は暗い劇場を後にして、光が溢れているホールへと出ていった。そこでポップコーンを買うのがいつもの習慣だった。それを持って劇場ビルの外に出て、青い空を見上げ、自動車が走る音を耳にするイメージを最後に、やっと私はイメージ世界から完全に出てきて、目を開けることができるのだった。

「大丈夫？」

日を開けた私を、カウンセラーが見つめていた。

「はい」

大きなあくびをし、軽い眩暈の中で首を動かした。

「一時間後にまた来て」

カウンセラーは部屋のカーテンを開けながら言った。


私は喫茶店でコーヒーを飲みながら、ネコニャのことをぼんやりと思い出していた。カウンセラーに話したことは、もう秘密ではなくなっているから、現実の私もけっこうそこまでの事柄を、たいしたダメージもなく思い出すことができた。

家中を開放されたネコニャは、それでも野放図に動き回るわけではなかった。彼は一階の居間かピアノ室のソファーで、日中は過ごしていた。たまに外出したが、決まって図書館だった。

私たちはけっこううまくやっていた。プライベートの時間を尊重し、適当に家事を分担しながら、寝るとき以外はお互い上手に距離を取り、必要以上に鉢合わせしないように動き回っていた。そういう意味では、ネコニャは猫のテリトリー意識を持っていたし、私もそれを感じ取っていたから、必要以上に彼を束縛しなかったのかも知れない。だから私たちは、冬中飼い主と猫の関係を保っていた。

その意識は私の方が、強く持っていただろう。昼間はネコニャを束縛しなかったが、夜は絶対に自分のベッドで眠らせた。建て前はソファーでは寝心地も悪く寒いだろうと思ったからだが、本音は電気敷毛布よりも彼の方がずっと心地よくて温かかったからだ。こんなに便利なものを、そう簡単に手放すことはできなかった。だから私は、本物の猫のようにネコニャを可愛がっていた。

「ネコニャ。そろそろ布団を温めておいて」

私は本を読んでいる彼に声を掛けた。するとネコニャは、ピアノ室のソファーから立ち上がり、私のベッドに潜り込んで本を読んでいるのだった。充分温まったところで、私はネコニャの身体に腕を回して、ぬくぬくを堪能しながら眠った。

長いことそれをやった。ネコニャが背後から抱きしめてくれる。その胸の硬さを私の背中は覚えた。顎のとんがり具合は、頭のてっぺんが覚えた。向かい合って抱き合っているときに、自分の右腕の持ち上がり具合で、ネコニャの腰の細さも覚えた。けっこうくびれている。ついでに、骨盤の形も覚えた。鼓動の速さも覚えたし、足の長さも解る。私の足先は、彼の弁慶の泣きどころの辺りにある。張りのある細い髪の毛は、顔の半分を隠す。

　それほど近くにいたのに、およそ半年間も、私たちはただ一緒に寝ていただけだった。どちらもけっしてそれ以上のことはしなかった。私はネコニャより八歳近く年上なので、十八歳の法律的に言うところの『青少年』に手を出して拒否されたら惨めだから、とても自分から手を出す勇気はなかった。

　しかし、ネコニャがどうして私を抱かなかったのかは、その当時は、正直解らなかった。ネコニャは店で女性客にもてていたから、女に不自由していないのだろう。八歳近くも年上のおばさんなんか、抱く対象にもならないのだろう。おそらく私は好みじゃないのだろう。

　などと、いろいろこじつけて、自分を納得させていた。だがその後のことを考えると、そんなわけではなかったようだ。私には理解できなかったが、とにかくネコニャは半年間据膳を食わなかった。

　春になったある日、私が厚手の羽毛布団を片付け、薄い布団にカバーを掛けていると、ベッドに座ってそれを見ていたネコニャが、後ろから私の肩をつついた。

「ん？」

　私は布団を広げながら振り向いて、彼を見上げた。

「もう、寒くないの？」

　ネコニャはベッドに両手をついて、身体を支えていた。私は立ち上がり、布団の両端を持つとそれを軽く振ってカバーの中に納めてから、彼を見下ろした。

　鎖骨がくっきりと浮かんでいた。夜店で売っている金魚だったら、そこの窪みで飼えそうだった。

「そうね。薄い布団で充分なくらいにはね」

　私は引きちぎるように視線をはずし、床に座ると布団のしわに目を落とした。

「じゃあ、僕、もう要らない？」

「え？」

　ネコニャの言葉に、私は声が詰まった。

「僕、下のソファーへ、行った方がいい？」

　彼は本から視線を離すことなくめくりながら無機質な声で言った。しかし伏せた横顔が、やけに弱々しく見えた。

「ネコニャがそうしたいのなら止めないけど、ネコニャがいないと、ちょっと寂しいかな」

　一緒に寝はじめた頃に、彼を猫扱いすると決意した私は、率直に言った。男としてのネコニャよりも、寂しそうな独りの生き物として、彼を抱きしめていたい気持ちがあった。それを抱くことによって、私も安らぐ気がしたのだった。

「じゃあ、上条さんがいやになるまで、一緒に寝てよ」

ネコニャはにっこりと笑った。

その夜の彼は、いつもよりべったりと擦り寄っていた。私は背後から抱きしめられていたので、自分の心臓の音が背中を伝わって、彼の胸に響きそうで、びくびくしていた。抱きしめて眠るつもりが、抱きしめられてしまったので、私はうろたえていた。

外で恋の季節を迎えた猫たちが、特有の唸り声を発していた。その声に、ネコニャが一瞬身体を固くした。

「ネコニャも?」

私はこらえきれず、ついに言ってしまった。

「うん」

彼は私の耳許でささやいた。

私たちは丁寧に抱き合った。知り尽くしているサイズを、もう一度確認するように。知らなかったサイズを覚えるように。何度も何度も抱き合った。

そのネコニャが、居なくなってしまった。

そこまで思い出したら、ずんっと不安感が湧き上がり、やがて胃の中へ落ちていった。食道が引っ張られるような気持ち悪さが込み上げてきて、私はあわてて精神安定剤を口へ放り込んだ。コーヒーで流し込んだそれは、小さな異物感を咽に残し大きな安心感を私の頭に入れた。

これが胃の中で溶けてくれれば、白い霧のように私の中に染み込んで、不安感を取り去ってくれる。それまでのわずかな時間をここで耐えればいい。

私は自分の身体を抱きしめてうつむいた。

「ねぇ、店長」

ネコニャがいなくなって三日目の夜、パブへ出勤した私は、カウンターの中でグラスを磨いている店長に声を掛けた。

「上条さん、トーヤは？」

私が聞こうとしていたことを、彼から先に聞かれてしまった。

「来ていないの？」

「うん。昨日からさぼっているんだ」

店長は困ったようにため息をついた。

「実はいなくなっちゃったの」

私もため息をついた。

「ここの寮に戻っていると踏んでたんだけどなぁ」

私は予測が外れて意外だった。

「いや、一昨日の夜、ふらっと来たらしいんだ。自分の部屋で一晩過ごしたようなんだけれど、昨日の朝にはいなかったそうだ」

店長は寮に住んでいる従業員から聞いた、という話をしてくれた。

それによると、ネコニャは月曜日の夜、つまり我が家を出ていった日に寮へ戻った。月曜日はパブの定休日だから、夜八時頃自分の部屋に入ろうとしていた彼を同僚が見ていたようだ。その目撃者が、「どうしたんだ？　上条さんちを追い出されたのか」と冷やかしたらしい。ネコニャはにっと笑って、「『永遠の別れ』ってやつが、いかに簡単にできるかを証明するんだ」と言ったそうだ。そのまま翌朝には姿を消していた。

「上条さん。『永遠の別れ』って、何なのさ」

店長は私をカウンターの席に座らせ、コーラを出してくれた。

「それがよく覚えていないのよ。アイスクリームを食べながらテレビを見ていたの。ニュースだったわ」

私はコーラを一口飲んだ。炭酸が銀の針のようにじゃらじゃらと口の中で音を立てた。突き刺すような刺激が、一昨日の夕方を思い出させた。

「確か高速道路で起きた、バス事故のニュースを見ていたのよ」

防音壁に激突したバスの天井が吹き飛び、乗客が車外に放り出されて死亡したという内容だった。朝、H市を出発して、わずか三時間後の出来事だったという。

「ふっとね、亡くなった人は、まさか自分が三時間後には死んでしまうなんて思いもしなかっただろうし、送り出した人も、三時間後には二度と会えなくなるなんて考えもしなかっただろうと思ったの」

店長は納得したように頷いた。それを見てから、私は続けた。

「それは永遠の別れよね」

私は店長を見上げた。

「そうなるね」

「でしょう? でね、永遠の別れって、死んだときだと思ったの。だから私はトーヤにそう言ったのよ。『永遠の別れって、どちらかが死んだときだけだと思うわ』って。そうしたら『永遠の別れなんて、けっこう簡単にできるんだ』と言って出ていったきり、いなくなっちゃったの」

「なるほど」

店長はため息をついた。

「つまりトーヤは、自ら消息不明人になったというわけだ」

「消息不明人？」

「そう。自分の意志で、自分の存在を消したのさ。人ってさぁ、その場所や人が気に入っていたり、未練があれば、自分の痕跡をどこかに残していくと思うんだ。残された者は、その痕跡を頼りに捜そうとする。ところがトーヤはそれをしていない」

どきんとした。心臓を握り潰されたような感じがして、私は椅子から立ち上がった。

「痕跡はあるでしょう？　あの子を採用した店長は、トーヤのことを何か知っているんでしょう？　そう思っていたから、私は安心していたのよ」

「何かって？　あの子が喋らない限り、僕らは何も解らないよ」

「だって、履歴書とか、保証人とか」

「君はここに、そんな物出した？」

――出していない――

私は愕然とした。ネコニャの出身地や経歴は、ここに来れば解ると思っていた。しばらく待って帰ってこなかったら、それらを頼りに捜し出せばいいと考えていた。

でもそんな物は、私も出していなかった。

私だって来る気がなくなったら、来ないでいればいい。それでここととの縁は切れる。私たちの代わりはいくらでもいる。前回の給料日から辞める前日まで働いた分の未払金にこだわらなければ、いついなくなってもかまわない。

私はうろたえた。

ネコニャは本当に消えてしまったのだろうか。私の家を出て、どこへ行ってしまったのだろうか。もう帰ってくる気はないのだろうか。

それとも、いつか帰ってくるだろうか。

いつか？　いつかって、いつ？　明日？　それとも十年後？

私は『ノラや』を思い出した。

私も百閒先生のようになるのだろうか？

私は不安になった。その瞬間『途方もなく不確かな時間』だけを刻む、狂った時計が私の中に生まれ、かっちんと大きな音を立てて動きはじめた。それは正常な一分を知らなかった。正確な一秒を刻めなかった。夜を引き延ばし、ネコニャのことを考えているときは、きっともものすごく遅い一秒を刻むだろうと思った。

「未練があれば戻ってくるさ。死んだわけじゃないんだし。君たちうまくやっていたんだろう？　ちょっとすねただけさ。そのうち帰ってくるよ」

店長が時計を指さした。それは正常な時計だった。こんな気分のときでも、私に仕事をさせる奴だ。

私はピアノの前に座った。

そのうちっていつ？　この曲を弾き終わったら帰ってくるの？　ううん。そのうちって、いつか解らないから、そう言うのよ。

でも帰ってくるかも知れない。

知れない？

私は自問自答を始めた。

確信がないの？　アンタは！

あるわよ。私たちはうまくやっていたわ。楽しかったわ。ネコニャだって、そう思っていたはずよ。

私は心の中でつぶやいた。けれどその独白により、また不安に陥った。

「何で、全部過去形なのよ！」

私は吐き出すようにつぶやくと、涙が溢れてきた。

「ネコニャがいない」

私は捜した。『ノラの事で頭が一ぱいで、今日の順序をどうしていいか解らない』ほど、百閒先生がうろたえたように、私も今日するべきことを放っておいて、ネコニャを捜した。猫が集まりそうなゴミの集積所を捜すように、歓楽街の路地を捜した。日溜まりでまどろむ猫を捜すように、彼がよく通っていた図書館で、一日中待った。彼がいつ戻ってきてもいいように、玄関灯は点けっぱなしにしておいた。ネコニャが好きな焼きおにぎりも、冷凍庫の中に準備しておいて、帰ってきたらすぐに温められるようにしておいた。昼といわず、夜といわず、かたっとでも物音がしたら、玄関を開けて外を覗いた。

でもネコニャは戻ってこなかった。

私は約束の時間になったので、再び病院へ戻った。

「辛くないかしら？」

「ええ。さっき精神安定剤を飲んだから平気です」

「薬を飲むほど辛かった？」

「いいえ。ちょっと彼のことを思い出したから。当分苦しめられそうだわ」

「なるべく楽になるようにしましょう」

私は再びイメージ世界に入った。

「なんて奴！」

私はつぶやいた。

「どうしたの？」

私がイメージ世界に入るまで、黙って待っていたカウンセラーが尋ねた。

「トイレット・ペーパーになっています」

「あなたが？」

「ええ。それもね、蓋が上がっているんです。紙を抑える蓋よ。それが上がっているから、紙が節操なく床に落ちていくんです」

「それはどういうことなの？　あなたが床に落ちていっているのかしら？」

「いいえ。私の中の秘密がどんどん公開されていく感じ」

「公開？」

「ええ。何だって喋れそうなんです。セックスのことだって喋ってしまいそう。先生、いや？」

「私はかまわないわよ。あなたがそれを喋れるのならば、私は聞くわ。トイレット・ペーパーになっているあなたは、喋りたいのかしら？」

「さぁ？　それは解らない。ただ、自分を抑えるものがないの。ぜーんぶ床に落としてしまったら……」

私は一度言葉を切った。空になったペーパー・ホルダーのステンレスの輝きが、やけに綺麗に見えていた。

「ああ。私はペーパー・ホルダーなのだわ」

「ホルダー？」

「ええ。今装着している紙を全部使い切ってしまいたいんだわ。なくなればすっきりするの。空のホルダーのステンレスがぴかぴか輝いていて、その硬質の光り方が、とても清浄な感じがするわ」

「どうする？」

「もう紙は繰り出され、床に落ちていってるわ」

私は真っ白いペーパーが床に溜まっている様を見つめながらつぶやいた。

「あれは、ネコニャがいなくなって三週間目に入った頃だったわ」

私はそのときのことをカウンセラーに話しはじめた。紙がどんどんと床に落ちていくように、私の舌はそのときの情景を言葉に詰まることもなく説明しはじめた。

ネコニャがいなくなったときは、暑くもなく寒くもない過ごしやすい季節だった。けれど十月も下旬になると、つんっとつつかれるような冷気がどこからともなく忍び込んできて、鼻腔から侵入したり、足先から染み込んできて、寒いと感じるようになった。カレンダーも明日には一枚破かなければならなかった。

でも私は、ネコニャがいなくなった十月十一日を示す『11』の数字が目の中で巨大化していて、それが気になり、明日になっても十月のカレンダーを破いて捨てられそうになかった。

『11』を見ていると、そこから黒い渦巻きが、私に向かって伸びているようだった。その先端はドリルのように細く尖り、私の胸に突き刺さって大きな穴を開けた。それは「ぽっかりと穴が開いたようだ」という常套句では間に合わないほど、大きな穴だった。

ブラック・ホールだ。

本物は見たことないが、すぐにそのイメージが湧いた。私の後ろを光さえも飲み込むブラック・ホールが、ついて歩いているような感じだった。

食事をしようかなと思うと、その気持ちがブラック・ホールにすっと吸い込まれてしまい、食べる意欲を失った。ピアノを弾こうかなと思っても、その集中力を食べられてしまい、ピアノ室に入る気がなくなった。

そいつは私のやる気のすべてを吸い込んで、満足しているようだった。それなのに、ネコニャのことを考えているときだけは、おとなしく私の後ろにたたずんでいた。まるで彼が自分の胃袋の中で飼っていたブラック・ホールを、私の背後に置いていったようだった。だからそれは、ネコニャのことだけは食べないのだと思った。

「両親がいなくなったときだって、こんな虚脱状態にはならなかったわ」

私は誰に言うでもなくつぶやいた。

私は七年前のことを思い出した。

彼らは忽然と、いつの間にか、気がついたときには……。

……消えていた……。

遠くで起こったことなので、私には、そうとしか捉えられなかった。

法律的には死亡したと認められる年月が過ぎ、提出書類はすべて用意してあった。私は春、申立書に必要事項を記入して郵送した。彼らの死は裁判所が認めれば決まるのだった。

もう両親が帰ってくることはない、と私には解っていた。

親不孝者なのかも知れないけれど、もうろくに顔も思い出せなかった。写真を見ても、その表情が頭の中で動きだすことはないし、声もはっきりとは思い出せなかった。

でもネコニャは違う。彼は確かにいた。ついこの間まで一緒に暮らしていたし、抱き合って眠っていた。両親のように遠くでいなくなったのではない。ネコニャの失踪は目の前で行われた。目の前でいなくなったということは、その直前までは確かにいたということだ。確かにいたネコニャと、どうして永遠に会えないという答えを出さなければいけないのだろうか？

このまま二度と会えないなんて、絶対に認めることができなかった。だって、ネコニャは死んではいない。私は毎日何種類もの新聞の死亡欄や事件記事に目を通して確認していた。彼はどこにいるのかは解らないけれど、生きていて、同一時空に存在していることは確かだ。それなのに触れられないということが、私には認められず、理不尽に思えた。

この世に確かに存在しているネコニャに、なぜ絶対にもう会えないのだという答えを出さねばならないのだろう？　この家が好きで、あの子は自分から望んでここへ来たのに、どうして出ていってしまったのだろうか？

ふっと掻き消えるようにいなくなってしまったから、居たことにもいなくなったことにも、現実感がなくて、私はどちらのことに対しても、確信が持てなくなってきていた。

「では、私の生活必需品であり、冬を前にして、絶対にあるべき電気敷毛布がないという事実に基づいて、ネコニャの存在証明を行いましょう」

私はわざわざ押し入れを開けた。

「ありません。ネコニャが居たからいらなかったのです」

偉そうに演技してみたが、急に腹が立ってきた。

「ネコニャが勝手にいなくなっちゃったから、電気敷毛布を買わなければいけないじゃない」

私はネコニャが帰ってくると信じていたから、寒さをこらえて買わずにいた。けれど、とうとう耐えきれなくなり、電気敷毛布を買うことにしたのだった。

買うにあたり、ネコニャがいたことを声に出して確認したのだったが、これを買うということは、ネコニャの温もりを諦めることでもあった。でも、眠りたかったから、私は敷毛布を買ってきて、シーツの下に丁寧に敷き、ベッドに潜りこんだ。

電気敷毛布って、こんなに冷たかったっけ?

いつもどおり『適温』のところで温めておいたら、ふぬけた感じがしたのだった。もわんっとしているだけで、熱源を特定できなかった。電熱線を毛布中に張り巡らして全体を温めているのだから、それは当然のことだけれど、私には許せなかった。

腹が立ったから、私は目盛りを最強にした。すると、「電気で熱くしているぞ！」とでも言わんばかりに熱くなり、ネコニャに抱かれて眠るときのような安堵感が得られなかった。

私はネコニャの温もりが恋しくて、どうにも寝つけなかった。椅子に置かれていたクッションを引っ張り込んで、彼を抱きしめるような気分に浸って眠ってみようとした。

「何で冷たいのよ」

クッションにヒーターは付いていない。あまりの冷たさに情けなくなった。ため息をついて起き上がると、クッションを布団の中に放り込み、自分はファンヒーターを点けてその前に座り込んだ。

「ネコニャ」

私は膝の中に顔を埋めた。自分でも異常だと思うくらい、ネコニャが恋しかった。彼に抱かれたい。私の子宮が彼を覚えていて欲していた。彼の指、唇、すべての記憶が私の身体中に刻印されていて、それらが疼いていた。

「きっと排卵日が近いのよ」

これは女の本能だと思った。子孫を残そうとする動物の性が、排卵日直前の私の身体に現れ、彼を欲しているのだった。

耳をすませると、ぱらぱらと雨の音がしてきた。ミ・ド……ソ・ド……ファ・レ……シ・ソ……と、冷たい音だった。こんなときでも私の耳は音をカタカナで読んでいた。ネコニャを失った悲しみよりも、聞こえてくる音の方が、頭の中に割り込んでくるのだった。

私は『ノラや』の文庫本を手にしてパラパラとめくった。百閒先生は突然の雨の朝、こう書いていた。

『朝五時半、突然大雨が降りだした。通り雨だつたらしい。もしノラが野天に寝てゐたらノラの耳が濡れただらう。そんな事が気になり、以前は雨の音が好きだつたのに近頃は楽しく聞けない。』

ネコニャの前髪にも、雨の雫が落ちているのだろうか？　独りで濡れているのだろうか？　それとも優しく拭いてくれる女が、もういるのだろうか？　ネコニャを抱きしめて、温めているのだろうか？

その様子を想像しただけで、私は悔しくて涙が出てきたが、それ以上に、そんな想像をしている自分に腹が立った。悲しくて惨めで、情けなくてばからしくて、もうどうしたらいいのかまったく解らなかった。今日の順序どころか、今自分が何をしているのかさえも、解らなくなってきていた。

以来、私は根元からばっさりと尻尾を切られてしまった蜥蜴(とかげ)のように、身体も心も、バランスを取るのが下手になった。何をやっても上手にできなくなっていた。

それに気がついたのは、みどりの窓口だった。

切符を買おうと窓口に並んでいたのだったが、気がつくと誰かが横から入り込んで、先に切符を買ってしまい、いつまでたっても買えずにいた。

いよいよ、もう買わないと電車に乗り遅れるというところまで来てしまった。

「あのぉ、急いでいるので、お願いできますか？」

私は係の人に声を掛けてみた。しかし、なぜかこういうときに限って、相手の応対も冷たくなるのだった。

「そんなに急ぐんでしたら、コンコースの反対側に旅行会社がありますから、そこへ行って買ってください」

そう言って、『隣りの窓口へどうぞ』なんて札を置かれてしまったのだった。その横暴な態度に抗議の一つもできず、打ちひしがれて、切符を買うだけの根性がなくなった。私は出掛ける意欲を失い、家へと引き返してきた。

一日一回でもこの状況に似たことがあると、それでもう私は外出が怖くなり、家の中で不安感に襲われていた。人と関わることが極端に怖くなっていて、自分を押し通すことができなくなりはじめていた。どんな言葉を聞いても、すべて非難されているように感じられた。すれ違う人の目さえも、私には痛く感じられた。

スーパーマーケットでお釣りをもらうことも辛かった。突き返すようなアルバイト店員の手の表情が、私を嫌っているように感じられた。乱暴なしぐさはその人本人の問題であって私の問題ではないのに、私が悪いから、彼女は私に対して横暴な態度を取るのだろう、と思ってしまうのだった。

神経が過敏になっていて、どんな事柄も、悪い方にしか捉えられなくなっていた。

目いっぱいめげていたから、会話をしようと試みても喋る意欲が欠落していたし、眠いのに、身体を横にすると、その日に起きた辛かった事柄をくよくよと考えて目が冴え、眠ることができなかった。うつらうつらすることはあったが、もともと鋭敏だった私の耳はさらに鋭敏になっていて、道路を通る人の足音で飛び起きてしまうこともあった。すると心拍数が上がり吐き気がしてきて、眠ることができなくなった。ネコニャに抱かれていれば、不安なんて感じなかったのに、今は過敏になっている精神を安定させるだけのものが私にはなかった。私は完全に不眠症に陥った。

「それで来たのね？」

「ええ。このままじゃいけないと思ったの。不安で眠れないし、身体が自然に震えてきて、どうしようもないの」

「そう。よく解ったわ。彼がいなくなって、蜥蜴の尻尾が切れてしまったから、あなたはうまく生活ができなくなってしまったのね？」

「はい。身体のバランスをどうやって取ったらいいのか解らなくなってしまったの。ネコニャの肌触りばかりが恋しくて、どうしようもない。何かすごく大切なものが欠落してしまった感じなの」

　私は自分の身体を抱きしめた。しかし本当に抱きしめたいのは、ネコニャの身体だ。私の腕でも余るほど細い腰。私の頬に吸いつく薄い胸板。あの感触がどうしても欲しかった。

「ちょっと苦しい状態ね。休憩前にも言ったけれど、答えは出さなくていいの。とりあえず、その苦しいものを、そのままどこかへ入れてしまいましょう」

「今はペーパー・ホルダーなのかしら？」

　カウンセラーは穏やかな声で提案し、言葉を続けた。

「いいえ。落ちている白い紙を見つめているし、ホルダーも見えているから、私は私の状態で立っている」

「どこにいるの？」

「廊下よ」

自宅のトイレ前の廊下だった。

「そこから離れて、どこか落ち着ける場所を見つけられるかしら？」

私は言われるまま廊下の左右を見た。左側は玄関へと続いていたが、右は暗闇に包まれていた。

「右に行くわ。暗くて静かで、落ち着けるところがありそうな気がするの」

私はつぶやくと、暗闇に足を踏み入れた。

突然岩山の山頂に立っていた。切り立った峰がいくつも眼下に連なり、遥か遠くにきらきら光る海が見えていた。目に見える風景は全体に暗く、黄昏よりも随分夜に近い色だったが、海があるところだけ太陽光が降り注ぎ、空も海も真っ青だった。私はなぜそこだけが明るいのかと不思議だったが、行きたいとは思わなかった。今の私には、暗闇のほうが魅力的だった。

「洞窟があるわ。中へ入ってみる」

私は背後にある洞窟へ入った。

「どう？」

カウンセラーが尋ねた。

「円形でけっこう広いホールになっているわ」

「何かある？」

「いいえ」

「じゃあ、そこに大きな壺を一つ用意できるかしら？」

「壺？」

「そう。どんな壺でもいいの。作れるかしら？」

彼女の指示どおりに、私は大きな壺を洞窟の真ん中に用意した。

「できました」

「そこに今の苦しいものを入れられるかな？」

言われたとおりにしてみようと思ったが、『もの』の正体が解らず、それだけを置いてくることはできそうもなかった。

「自分を苦しめているものが、どういう形をしているのか解らないわ。それだけを自分から離そうにも、形がないから壺の中へ入れることができないわ」

「そっくりそのまま置いてきてもいいのよ」

「そっくりそのまま?」

彼女に言われて、私は自分自身を壺の中に入れた。

「私が壺に入ったわ。真っ暗よ。上を見上げると壺の口はとても小さくすぼまっている。ここから出るのは大変そうだわ」

「どうする?」

「私をね、すごく細くするの。うどんみたいに細長くする」

私は自分を細い状態にして脱出を試みた。細い私が絞り出されるように壺から出はじめた。分厚い脂肪のように身体にこびりついていたもろもろの辛いものが、狭い穴の縁でこそげ取られて壺の中に残っていく感覚があった。それの形を説明することはできない。それらは漠然としたイメージの状態で処理されただけだった。

ただ、今の私を苦しめているものといえば、ネコニャの失踪であったり、彼の記憶であったり、セックスに執着している自分であったり、彼の肌の感触でもあったし、眼差しでもあった。他にもたくさんあったと思うが、とにかく実体として存在していないけれど、確かに自分の中にある苦しい『もの』だ。それらのほとんどすべてをこそげ落とし、最もシンプルな状態の私だけが、壺の外へ出てきていた。

その私は必要最低限の生活能力だけを持っていた。

辛いと感じているネコニャに関わるすべての『もの』と、それらから目を離すことができないほど囚われて、日常生活の手順も解らないほど、鉛のように黒く固まってしまい奈落の底まで落ちて行こうとする『私』を、壺の中へ置いてきた私だった。

「身体についたいろんなものを壺の中へ残してきた、うどんのように細長い私が出てきました。何かシンプルだわ。素うどんみたいよ」

私は完全に出終えたことを彼女に告げながら、もろもろのものを納めた壺を見つめた。それは焦げ茶色で、胴の辺りに黒い唐草模様が施されていた。

「じゃあ、しっかりと封印してどこか隅の方へ片付けて。いい、それは片付けてしまったものだから、大丈夫なのよ」

カウンセラーが少し口調を強めて確認した。

もう身体にこびりついていないと思うと、それらが遠くを通りすぎる蛇のように思えた。蛇は恐いし気持ちが悪い。でも、手に持っているか、遠くで眺めているかを比べれば、明らかに遠い方が気持ちは悪くない。もろもろの辛いものが自分の身体に密着していないと思うと、私はイメージ世界の中で安堵しているのだった。

カウンセリングを受けることによって、私は少しずつ精神が安定してきた。それにより、生きた蜥蜴の尻尾がだんだんと再生されるように、やがて私の欠けていた何かも、身体の一部が増殖するように回復していった。二ヵ月も過ぎる頃には、日常生活に支障をきたさない程度に、自分を動かせるようになっていた。

それまでは、震えながら精神安定剤を飲んで仕事に行っていたが、冬の寒さが緩みはじめると、私の張りつめた精神状態も少しずつ安定し、自分自身に余裕を感じるようになってきていた。

「ひいちゃん、最近ちょっと元気そうだわ」

私の状態が悪いことを感じていたみちるが、久しぶりに穏やかな笑顔で話し掛けてきた。

「そう?」

「だって、声も掛けられなかったのよ。掛けた瞬間、悲鳴を上げそうだったわ」

「そう? 持病の自律神経失調症が出て、調子が悪かったの」

私はにっこり微笑んだ。この顔はただ笑っているだけで、何の感情も入っていない。私はこれを『寸止め』と呼んでいた。人の感情を肌の上一ミリくらいのところで止めておくイメージを持って接しているのだった。この顔で微笑んでおけば、誰も私の心の奥に閉じ込めてある感情まで推し量ることはしなかったし、推し量れやしないという自信もあった。

「トーヤのことでショックを受けていると思ったわ。内田百閒が『ノラや、ノラや』って捜し回ったように、あなたもトーヤのことを捜し回るんじゃないかって、ちょっと心配したの」

みちるは、私の目を覗き込んだ。私は『寸止め』状態のまま微笑んだ。

「消えちゃったものはしょうがないわ。彼は猫じゃないのよ。ノラは帰る道を忘れてしまったかも知れないいし、事故に遭って死んでしまったのかも知れないけれど、彼は人間よ。道を忘れるはずないいし、事故に遭っていたのなら、ちゃんと喋って、必要ならば私を呼ぶわよ。でも、それをしないのは彼の意思が働いているからだわ。だから、もう平気よ。ありがとう」

私はまたにこっと笑った。

「そう？　新聞にさぁ、『トーヤ、連絡乞う』なんて記事を出してみたら？」

「だから、自分の意思で出ていった子に、何で私がそこまでしなくちゃいけないのよ。言っとくけどね、いつまでも八歳近くも年下の子どもに振り回されたくないわ」

みちるの案は、私のプライドにかけてできないことだった。

「百閒先生はご老体だから、なりふりかまわずできたのよ。周囲の人だって、笑って許してくれたんだわ。それに、失踪したのは猫よ。自分では何もできない小さな動物だから、みんな同情してくれたのよ。でも、彼は人間だわ。『男に逃げられました』なんて話は、同情より笑いのネタよ。私はね、追いかけるつもりはないわ！」

「確かにね。じゃあ、トーヤのことは忘れて、今晩仕事が終わったら遊ばない？　男の子たちも誘ってさ」

　みちるがピアノに寄り掛かりながら言った。

「えー？」

　私は曖昧な返事をした。偉そうなことを言ったけれど本心は別なところにあるから、これ以上関わると、そうそう心を隠し続けられそうもない気がした。みちるのことだから、上手に慰めてくれるだろう。同情的な言葉を聞いたらトイレット・ペーパーになってしまい、ぼろぼろとみちるに全部話してしまいそうだった。それをみちるがどう受け取るか解らない。ただ確実に言えることは、みちるは私ではないということだった。

「明日友人の結婚式があって、披露宴で弾く約束をしているのよ。その下準備をしないといけないから、今夜は遠慮しておくわ」

　私は『寸止め』笑いをした。

「そう、それじゃあだめよね。また今度ね」

「ええ。ごめんなさい」

明日が日曜日でよかった。こういううそは曜日を選ぶ。

私は深夜自宅に戻ると、そのままベッドに倒れ込んだ。

「しょうがない？　そう言って諦められるんだったら、生きるの楽よ」

私は思いっきり両腕で枕を抱きしめた。

「ネコニャ」

排卵日が近づいているのだろう。セックスがしたくて狂いそうだった。あのままみちるについていったら、すべすべした肌の男の子を捕まえて、ホテルに引きずり込んでいたかも知れない。そのくらいの衝動はいつだって持っていた。ただきっかけがないからしないだけだ。

いや違う。やってしまいそうだったから、きっかけを作る状況に自分を置かないようにしている。うん。これの方が正しそうだ。

一度たがが外れたら、セックス欲に取り憑かれ、見境なく男の子漁りをしそうだった。しかし、それは私のプライドが許さない。『しらを切る』といういい言葉があるが、私は性欲に関して、しらを切りとおした。「まったく興味がない」という顔でみちるたちを欺き、いざ独りになると、ネコニャの肌を思い出し、こらえ、嘔吐することもあった。そんなとき、私の脳裏に蜥蜴の尻尾が思い浮かぶのだった。それは先っぽのほんのわずかだけが欠けていた。日常生活に支障をきたさない程度には尻尾は伸びていたけれど、いくら待っても、そこが再生される様子はなかった。


「ソメイヨシノが散っていたんです」

私はカウンセラーにそのときの様子を話そうとしていた。

ネコニャが失踪して半年が過ぎた四月上旬、相変わらず排卵日が間近になると、私はセックスがしたくなっていた。その欲望から気をそらそうと、私は公園をぶらついていた。満開を少し過ぎて、ソメイヨシノが潔く散りはじめていた。

「あんなに綺麗な花に、樹は何の未練もないみたいでした」

「どうしてそう感じたの？」

「だって、はらはらと、とかそんな趣のある様子ではないんです。だーだーと、とか、どさどさと、といった感じの散り方でした」

「そう」

「犬の毛がね」

「犬？」

「そう。犬も春になると冬毛が抜けるでしょう？　あれこそごっそりと、おもしろいように取れるじゃないですか。暑くてうっとうしいから、早くすっきりしたいみたいに」

「そうね」

「樹もそうなのかしら？」

「どうしてそう思うの？」

「花は綺麗でしょう？　ずっとつけていられたら、樹も綺麗なままなのに」

私はイメージ世界に入っていなかったが、カウンセラーを見たくなかったから目を閉じていた。彼女を見ていたら、とても私には話せない。

私はゆっくりとソファーにうつぶせになり、腕の中に顔を入れると、再び話しはじめた。

「樹の下に立って落ちてくる花びらを見つめていると、桜が『ああ、めんどくさい。さっさとこんなものは捨ててしまおう』とでも言っているような気がしたんです」

カウンセラーは黙っていた。

「でも花は綺麗でしょう？」

私の目の中には、満開の桜の樹が見えていた。

「薄いピンク色が空の青の中に透けて、白に見えるんです。幽玄な白。清楚な白。心がちぎれそうな色。腕の中に抱きしめたい色」

私は拳を握った。

「ずっと咲いていればいいのに、どうして散るのかしら？　あんなに綺麗な花なのに」

「いつまでも咲いていることはできないわね」

「ええ。そうなんです。花は散るんです。中空を舞う花が、私に降りかかるんです。中空にある花は魅惑的で、触れるととっても可愛らしいの」

「幻想的な風景だわ」

「そう、花はとても綺麗なんです」

私はつぶやいた。

「でも」

私は身体を起こすとカウンセラーを見つめた。

「地面に落ちた花びらは、死んでいるみたいだった」

「死？」

「そう。死体のイメージだった。落ちた瞬間死体に変わるの。寒気がした」

「どうしてそう思ったの？」

「どうして？　どうしてかしら」

私は再びソファーに身体を伏せた。

「ひらひらと勝手気ままな動きをしないもの。でんっと上を向いたっきり地面に張り付いていたわ。重そうだった。零点何ミリかの厚みが、ぶよぶよに分厚く見えた。はかないイメージが全然しないの。厚くて重くて気持ちが悪い。膨張するという水死体を思い出したわ。それがだんだん茶色に変色していくのよ。あの清浄なイメージの白が、折れたり、地面に触れるというダメージを受けたところから、茶色く腐っていくの」

　私は吐き気が込み上げてきたが、それをこらえながら続けた。

「どうしてかしら？　天使の羽のような花びらが、私の身体を通りすぎ足元に落ちた瞬間、それが汚いものに変わったの。もう二度と空へは戻れない。地面に張り付いて、茶色に変色して腐っていくの。汚く死んでいくの」

　突然次のイメージが湧いた。

「ああ。子どもの頃に桜の花を集めたことがあったわ。綺麗だったから、そっと拾って集めたの。それを水が入った瓶に入れたのよ。水の中をひらひら漂って綺麗だろうと思ったの」

「どうだった？」

「瓶の内側に花びらがみんな張り付いてしまって重そうだった。中空を舞うあのイメージを期待していたのに、そんなことまったくなかった。みるみる茶色に変わっていくの。青臭い樹液の臭いがして、気持ちが悪かったからあわてて捨てたわ。でも瓶に張り付いて取れないの。気持ちが悪くて、必死に取ったわ。ぐしゃぐしゃに花が丸まって、ただのゴミになっていた」

不快感がどんどん込み上げてきた。

「花が綺麗なのは、中空を漂うという『狭間(はざま)の領域』にいるからだわ。咲いているときは手に届かない憧れ。中空にいるときには、束の間のはかなさをまとっている。重力に捕らわれて、やがて地面に落ちてしまうことを、私は知っているからよ。その危うさが『狭間の領域』の魅力なのよ。地面に落ちた花は不用物。死体。ただのゴミ。魅力なんて全然ない」

私は吐き捨てるようにつぶやくと、再び樹を思い浮かべた。

「私も樹になっちゃおう」

「樹に?」

「そう。樹になって、みんな捨てちゃうの。ネコニャは『狭間の領域』を漂っていた桜の花なのよ。きっと」

私は身体を起こし、カウンセラーを見つめて微笑んだ。

「そうよ。少年は、まだ大人ではないわ。けれど、子どもでもない。『狭間の領域』に束の間滞在している者。次の瞬間、大人に変貌してしまうかも知れないその危うさに、私は惹かれていたのだわ」

絹の光沢と桜の花が、その象徴として私の目の中で幽玄な輝きを放っていた。

私は性欲に取り憑かれている自分がばからしくなった。

「排卵日めがけて、精子を注入してどうする！」

私は半(なか)ばやけくそになってつぶやいた。

「ああ、もうやめた。ネコニャを待つのはやめた！　いさぎよく、みんな捨てちゃおう。桜は散るのよ。花びらは落ちたら汚い茶色に変色するの。そんなものに執着するだけばかよ！」

いつまでも男に振り回されている自分が情けなくなった。私は足早に帰宅し、オーディオ・ラックに近づくと、ネコニャが買い集めていたCDを一枚ずつ取り出した。

「僕は貧乏だから、ラジカセだって持ってなかったんだよ」

私にオーディオ機器の使い方を教わりながら、彼の目が輝いていた。

「そう。じゃあこれは、ネコニャが優先して使っていいわ。私に気を遣わず、好きなとき好きなだけ聴いていいのよ」

　私は自分のＣＤを一番下の棚へ移動した。

「ここには、ネコニャのＣＤを入れなさい」

　ネコニャは本当に嬉しそうだった。その彼のＣＤを、私はゴミ袋に放り込んだ。

「だって、永遠の別れをしちゃったんだから」

　私は消えたネコニャに当てつけるように言い、続いて書棚に向かった。そこにもネコニャの本が十数冊あった。彼は暇さえあれば本を読んでいた。読む割に本が少ないのは、図書館の本で間に合わせていたからだ。買ってくるのは、かなり気に入った本だけだった。

「これは何度も読みたい本なんだ」

　ネコニャはそう言いながら、書棚にしまい込んでいた。

「でも捨てちゃう。だって出ていったのはネコニャだもん」

　私は崩すように、それらを床に落とした。


　ネコニャの愛着物が詰まっているゴミ袋を、私はやっとの思いで集積所まで運んだ。

　ゴミが家に帰りたがっているような気がしてならなかった。まるで蜘蛛の糸が絡みついたように、それがかたくなに捨てられることを拒んでいるように思えた。でも拒んでいるのは私だ。

ネコニャの想いが詰まっている物だから、それを大切にとっておけば、彼が帰ってきてくれるかも知れないという、私の浅はかな願望が、それらに粘りついて離そうとしなかった。ネコニャに許可なく捨てる後ろめたさも手伝って、それは実際の重量よりもずいぶん重く感じられた。

集積所は腐敗しかけた食物の臭いが、かすかに立ち込めていた。ネコニャが大事にしていた物をそんな中へ放り込むことが、たまらなく切なかった。

私はゴミの山を見つめた。

不用物が転がっていた。嫌悪をもって捨てた物や、未練がなくて捨てた物。未練があっても仕方なく捨てた物。人の気持ちがどうであれ、不用物として同じところに置いてあった。置き去られたそれらは、収集車に乗せられたらもう二度と戻ってこない。

「永遠の別れだわ」

私はつぶやくことで自分の気持ちを絶ち切り、ゴミ袋を胸の高さまで持ち上げると、手を離した。ネコニャの持ち物はかすかに跳ねて、そこが自分の場所であるかのように、形を少し変えて居心地をよくすると、他の不用物とまったく同じ姿になった。

ネコニャを捨てたような気がした。もう二度と、あの細くて少し節ばった指が、しなやかに私の上を滑ることはない。あのまだ子どもの領域に片足を突っ込んでいる瞳が、私を見つめることはない。あの温かい肌が、私のすべてを包み込むことはない。

そう思ったら『蜥蜴の尻尾』が、根元から切れそうになった。

私はあわててイメージ世界の中で、ほんの少し先が欠けた自分の尻尾の根元に糊を塗りつけ、セロテープを巻いて補強した。

「大丈夫。私の尻尾は切れない。バランスは崩れない。それに、ネコニャ自身と彼との思い出は壺の中に納めた」

私は震えそうになる自分を抑えながらつぶやき、集積所から離れた。

「私ね、彼の持ち物を捨てはじめたんです」

私はカウンセラーに伝えた。

「私は樹になったの。いつまでも花をつけておくわけにはいかないでしょう？　葉っぱが待っているから花は落とすの」

「そうね」

「もう、待つのはやめました。でもあの壺が心の隅の方で黒い霧に巻かれて置かれているのが見えていて、気になって仕方がないんです。近づけば霧が晴れて、はっきりと壺が見えると分かるんです。覗いてみたいんです」

私は、イメージ世界で見えている映像を彼女に伝えた。

「近づいてみる？」

彼女のささやきが右耳に響いた。

「でもね、今私が立っているすぐ横に、パステルカラーの壺がたくさんあって、暖かくて柔らかい光がその周りを包んでいるんです。とっても楽しそう。そちらの方に気持ちが傾いていて、奥にある霧の中の壺には近づけないんです」

「パステルカラーの壺の中に何があるの？　覗ける？」

「何かは解らないけれど心地いいです。ずっと見ていたくなるような、温かい物が入っています」

「今の気持ちをね、充分に味わってちょうだい。目を開けても覚えていられるくらい温まるの」

私は彼女の言うとおり、それが何かは解らないが、パステルカラーの光の一部をすくい上げた。それはピンク色のふかふかした丸い形をしていた。私はそれを頰に当てた。

「ふかふかしていて心地いいわ。眠くなりそうです」

「そう。どう？　まだ奥の壺は気になる？」

「いいえ。こっちの方が魅力的に思えるから、意識をこちらに置いておけば、あのままでも気になりません」

私はここでイメージの扉を閉めた。カウンセラーには言わなかったが、蜥蜴の尻尾の先はまだ再生されず、欠けたままだった。

「奥の方にある、とても苦しいと感じる物が詰まった壺が気になっているのね」

カウンセラーは私が喋ったことを書きつけたノートを見ながら言った。

「ええ。それは絶対に勇気を出して覗かなければいけないものだわ」

私は大きな洞窟の奥の方に、もやもやとした黒い霧に包まれているその壺を思い出して言った。

「そうかしら？　なにも今、苦しい思いをして見る必要はないと思うわよ。逃げているとか思わなくてもいいの。辛いからちょっと離れているだけなの。心は閉ざしてもいいものなのよ。『自分』って、すべてを見せて生きていかなければいけないものじゃないわ。適当に楽しいものを見つめて、そこの部分で心を開き、今苦しいものは心の隅にしまっておいてもいいの」

「そうなの？」

「当たり前じゃない。今見るのが苦しいから、遠くで霧に包まれているのよ。無理をするから身体に不調が出てくるのよ。今は霧の中へ隠しておき、近くにある暖かくてふかふかしたもので、楽しい気分でいるようにしていなさい」

　カウンセラーの言葉に従い、私は暖かくてふかふかしたものに意識を集めるようにした。相変わらず尻尾は欠けたままだったが、それを気にしないように心がけていた。


　それからの私は、遠くにある壺が気になりはじめると、何かは解らなかったが、ピンクのふかふかした暖かいものを頬に当てているイメージを思い浮かべて、自分を支えていた。カウンセラーからそれの正体を探る必要はないと言われていたから、私はただそれを頬に当てて、温まるイメージだけに留めておいた。

　やがて私は、遠くにある壺が気になるとき、視界に入っている物が何かに気がついた。それは、ネコニャの所有物だった。当然だ。あの壺には、ネコニャを想う自分と、彼に関する『もの』を納めているのだから。

　ネコニャの物を見ると、イメージ世界で見ていたあの壺が白昼夢のような映像で現れ、私はそれにすっと近づいてしまうのだった。壺が目の前に大映しになるたびに不安感で吐き気がした。それほど苦しいのに、彼の物に触ると、壺に近づき中を覗きそうになった。それに、覗いてもいないのに、そこには落とし蓋のような格好をした蓋があると、私は知っていた。

「これ以上近づいたら、その中で煮えたぎっているものが沸点を超え、蓋を跳ね飛ばして一気に吹き出してしまう」

私は、覗けばそうなると解っていたし、蓋が開いてしまうことと、その中に入っているもののことを考えると、恐怖で心が壊れてしまいそうになった。

怖くて壺には近づけない。でも覗いてみたい。この感情に囚われ、逃げられないほど追い詰められてしまったら、私の蜥蜴の尻尾はまた切れてしまうだろう。

「ネコニャの物を置いておくのは危険すぎる」

私にはこの危険を感じ取れるだけの余裕が生まれていた。ネコニャが失踪したばかりの頃だったら、おそらく壺から離れられず、それを覗き込みたい、でも怖い、と言いながら、近くに張り付いたまま苦しんでいただろう。

私は、白昼夢のように私の脳裏に浮かんでいる映像の中の壺からすぐさま遠ざかり、自分がどこからか出してきて、いつの間にか手にしている『ピンクのふかふか』を頬に当てた。

心地よい柔らかさ、兎の毛のような肌触り、隙間に優しい空気をたくさん含んでいて、くすぐったくて気持ちがよかった。

私は再びネコニャの物を捨てはじめた。『ピンクのふかふか』を左手で頰に当てているイメージを抱いたまま、私は右手で彼の持ち物をゴミ袋へ落としていった。

そうやって毎週二回、ネコニャの所有物を探し出しては、少しずつ捨てた。

四月中には、ネコニャが所有していた雑貨類は、家の中から姿を消した。

五月に入ると若葉が萌立ちはじめた。遠目に見る若葉は産毛で白かった。桜も花の面影はもうなく、ざわざわとたくさんの葉を身にまとっていた。

この頃になると、壺の映像はさして気にならなくなっていた。ネコニャがいないことに慣れてきていた。壺は確かにあるけれど「ああ、あるなぁ」と思うだけで、近づいてみたいとも思わなかった。

ただ時々何の前触れもなく襲ってくる正体不明の不安感が私を悩ませた。ブラック・ホールが健在で、独りに慣れようとする私の意欲を吸い込んでいた。そんなとき、ネコニャがいないことが不思議でならなかった。

「百閒先生は……」

私は『ノラや』をめくった。『いくら探しても見つからないとすれば』彼はそう書いて、理由を箇条書きにした。

『一、道ばたで自動車に轢かれたか。

二、猫捕りが連れて行つたか。

三、どこかわからない所で死んだか。

と云ふ事も考へて見なければならない。さう云ふ事がないとは云へないかも知れない。しかし、（一）の自動車の場合は轢かれた猫の処置をしたと云ふ場所を一一たづねて、その近所の人にノラに似てゐたか、どうかを問ひ質し、区役所の道路課にも問ひ合はわせた。（中略）

（二）の猫捕りは大体三味線の皮にするのが目的なのだらう。皮に爪の傷がついてゐては用をなさない。（中略）

（三）のどこかで死んだかと云ふ場合は一層稀薄の様である。若い猫が死ぬものではないと云ふ。（中略）

つまり、どこかにゐるに違ひない。ノラは生きてゐる。翌くる日の大雨で家へ帰つて来る道がわからなくなつて、迷ひ猫になつてゐるのだらう。是非探し出して、連れ戻してやりたい。どこか知らない所でうろうろしてゐるかと思ふと、可哀想で堪らない。』

百閒先生はこういう結論を導き出して、その使命感に燃えていた。

ネコニャは猫じゃない。自動車に轢かれたわけではない。どこか解らないところで死んでもいない。何かの事件に巻き込まれた、とは新聞に載っていなかった。つまり、どこかにいるに違いない。でも、帰る道は知っていても、帰る気がないのだ。だから、きっとネコニャは見つからない。

百閒先生は諦めなかったが、私はネコニャの所有物を捨てることで、彼を諦めようと思った。

雑貨の次に狙いをつけたのは洋服だった。タンスの中に掛けられたネコニャの冬物の中から、私はシャツを一着取り出し、匂いをかいでみた。洗剤の匂いがした。

「するわけないよね」

ネコニャの匂いを期待して、そんな行動を取った自分が情けなかった。けれどそれとは別に、彼の匂いがしない洋服は、彼の存在を立証しないような気がして、私は少し不安になった。

「ネコニャは居たはずよね？」

私は自問した。彼の匂いがしないシャツからは、その確信が持てなくなった。

百閒先生は、どうしてノラを待ち続けられたのだろうか？　毎日日記を書いていたからだろうか？　『ノラや』という本を書いていたからだろうか？　ううん。それだけではないだろう。

「先生には、たくさんの味方がいたからだわ」

私はシャツを抱きしめてつぶやいた。先生は、奥さんや近所のおばちゃんやお仲間、マスコミの人まで巻き込んで、ノラを捜し続けたし、周りの人たちも親身になって捜してくれた。ノラらしい猫がいたという情報が入れば、みんなで大喜びし、誰かが先生の代わりに見に行ってくれた。多くの人が、ノラがいたことを証明してくれていたから、先生も捜し続けることができたのだろう。

「先生は、どうやってそんなにたくさんの味方を作ったのですか？」

私は本を見つめてつぶやいた。

私には一人もいない。そうしてしまったのが自分であることは解っていた。

ネコニャが消えた直後は、パブへ行けば、みちるたちが慰めてくれたし、捜すための案も出してくれた。でも私は、ネコニャのことに触れられたり同情の眼差しで見られると、自分がどんどん惨めになっていったのだった。だから私は体調不良を理由にして、パブを辞めた。

もともとネコニャと私の世界に、他の人が入ってくることはなかった。私たちはいつも二人だけでいた。それ以上関係を広げなかった。だからネコニャがいなくなっても、誰も私ほどには悲しまない。ネコニャを求めているのは私独り。ネコニャがいなくなって苦しんでいるのも私独り。どうして独りなのだろう？

答えは簡単だ。私たちは望んで二人だけの世界に住んでいた。

「でも、独りだから……」

私は再びシャツを強く抱きしめた。ネコニャが本当に居たのかどうか、解らなくなってきた。

ネコニャのシャツを古着屋へ持っていき、「これは私が着ていました」とか言って売っても、きっと誰も疑わないで引き取ってくれる。「これは、『ネコニャ』と呼ばれていた男の子の物でしょう？　うそを言ってはいけませんよ」なんて、店の人は言わない。店に並べられたら、誰の物だったかなどという価値判断ではなく、自分の好みに合うか否かで、見知らぬ人がそれを手にして、気に入れば買っていくだろう。

「シャツはただのシャツでしかないわ」

ネコニャの所有物は、私が重要と感じ苦しんでしまう、彼の『もの』とは言い切れない気がしてきた。シャツがあったからといって、ネコニャがここに居たという証明にはならないと思った。だから、彼の匂いがしないシャツは私を不安にさせるだけだった。

今ここで、ネコニャが戻ってきてくれたら、こんな不安は吹き飛んでしまうのに。

『本当にノラだつたら、どんなにうれしいだらう。この一瞬から万事が立ち直るのに』と言った百閒先生の言葉を思い出して、涙が出てきた。

それ以来私は、ネコニャが存在していたことに確信が持てなくなりはじめた。ネコニャと過ごした日々や想いなど、辛いと感じるものは壺に入っているし、その壺自体も心の奥の方へ片付け、見ないようにしていたから、彼自身が心の中でも遠い場所にいた。

だから、物にネコニャの存在の証明を見出せない私は、彼が確かにいたと言い切れる自信がなくなっていた。

「居たよね？」

私は自問しながら、シャツをゴミ袋へ入れていった。

五月中、私はネコニャの冬物の洋服をすべて探し出して捨てた。そのほとんどは私が選んだ物だった。私好みの色。私好みのデザイン。それらを着たネコニャは、私好みの男の子だった。

「ネコニャは居たわよね？」

私はシャツを見ながら、それを着ている彼の姿を想像しようとしたが、映画の中でたたずむ俳優の姿を客席から眺めているような映像しか浮かばなかった。

六月に入り、私はネコニャの春物のシャツを自分の洋服ダンスに吊るした。その中には、最初に家を訪れたときに着ていただぶだぶの白いコットンシャツもあった。

私にとって春物のシャツ類が、一番ネコニャの愛らしさを引き出し、思わず抱きしめたくなるものだった。裸ではないが、裸をイメージするぎりぎりの薄物が、白身魚のような淡白な肌を包んでいることを想像しただけで、私はうっとりした。

そういうイメージで捉えると、ネコニャのコットンシャツと、それから想像する彼の肌の滑らかさや筋肉がつき切っていない胸板は、『ピンクのふかふか』の感触に似ていた。

ネコニャがいないという事実は心の奥に封印した壺の中にあるけれど、彼の春物のシャツから湧き上がる記憶は、心の中では入り口近くにあたる最も浅くて簡単に取り出せる場所に置かれたパステルカラーの壺の近くにあった。

白いコットンシャツの中で風がはしゃぎ回っている記憶が、『ピンクのふかふか』のように私に頬ずりしていた。

私はネコニャの素肌に触れていた物を自分の肌にまといたい衝動に駆られた。はしゃぎ回る風や彼の肌の感触が再現されるかも知れないと思った。

服を脱ぐと、素肌にそれをまとってみた。けれど、何ていうことはなかった。洗いざらしのシャツの少しごわついた感触があっただけだった。私はネコニャではない。私が欲しているネコニャに、私自身がなれるわけではないし、彼の肌の感触が得られるわけでもないのだった。

魅力的なネコニャのイメージに対して、同じ物を着ても何の魅力も感じられない自分がものすごく惨めだった。風だって、ネコニャが着ていたからその中ではしゃいでいた。私では風は遊んでくれない。

ネコニャが放つ少年の魅力が、高い山の頂へと上昇していくようだった。手を伸ばしても届かない遥か彼方から、私を見下ろしているような感じがした。爛漫と咲き誇る桜の花が、そこに重なった。同時に、それをただ見上げることしかできない私は、何の魅力も存在価値すらない女なのだと、突きつけられたような気がした。

そう思った瞬間、心の奥の方にある焦げ茶色の壺が、目の前に大写しに現れた。どんっという壺を置いた音と、でんっという壺の存在を示す擬音が脳みその中に書き込まれた。奥へしまい込んでいたはずの壺が、私のすぐ横へ置かれたような感じがした。

私は『何の魅力も存在価値すらない』と感じた『私』を壺の中へ投げ込んだ。幽玄で幻のような光を放ちながら存在していたネコニャに、いくら手を伸ばしても掴めない『惨めな私』も投げ込んだ。求めても求めてもけっしてネコニャを手に入れられない自分が、情けなくなっていた。その想いも投げ込んだ。投げ込むごとに、壺は重く大きくなっていった。

私はシャツの袖から腕を抜き、丸めてゴミ袋へ投げ込んだ。

私の手には届かない存在だと解っているのに、一枚くらいは彼の心地よさや魅力を持ち続けていて、私の手にも届くかも知れないと思い、週に二度、私はゴミ収集日の前夜、自制することができずに素肌にネコニャのシャツを羽織る儀式を行った。

その度に、満たされない想いに苛まれ、自己嫌悪は壺に詰め込まれていった。

毎週、追い詰められていく私は、自己防衛の手段に出た。自分に暗示をかけはじめたのだった。

ネコニャはもう居ない。だから、私を抱きしめた『男』としての彼のことを考えれば、気持ちが悪くなる。『男』は気持ちが悪い。『男』の肌に触れたら吐き気がする。

それが私の呪文だった。

唱えながら、男の肌の感触を嫌悪している自分を想像し、吐き気と寒気を体内で産み育てた。

「このシャツを羽織れば、気持ちが悪い男の肌の感触を思い出し、寒気と吐き気で具合が悪くなる」

私は自分に暗示をかけ、週に二度シャツを羽織り、トイレに駆け込んで嘔吐し、冷汗で濡れたシャツを脱いで捨てた。その儀式を終えると、苦しみにのたうち回った私を、壺の中へ投げ込むのだった。

春物は六月中にはすべてなくなった。七月に入るとすぐに夏物を処分した。

「だって、ネコニャはどうせ帰ってこないんだから、夏になるからって全然必要ないもん」

私は夏が本番を迎える前に、まとめてさっさと捨てたのだった。

ネコニャは帰ってこない。この言葉は私に、完全な男への嫌悪感を抱（いだ）かせるようになっていた。さんざんいろんな物を投げ込んだ壺が、異臭を放ちはじめたような気がした。

春物まではかすかにネコニャの肌に触れた物だったから、暗示をかけないと嫌悪感が湧かなかった。でも夏物になると、暗示がなくても男の身体を生々しく思い出すから気持ちが悪かった。

ネコニャの胸筋や背筋をくっきりと浮かび上がらせたTシャツは、男という通有性だけを思い出させるのだった。見えそうで見えないところに想像性が発揮されて、勝手な妄想で魅力を感じたりするものだが、さすがにぴったりと身体に張り付くTシャツは、想像性を高めるよりは、低下させるのだった。

ネコニャというよりも、男の身体だけを私にイメージさせ、それは、寒気がするほど気持ちの悪いものになっていた。大好きだった鎖骨の窪みも、細い腰も、薄い唇も、拭って も拭っても吹き出してくる汗の臭いに侵されていて、思い出そうとしただけで吐き気がした。肌の感触も、今までは肌から隙間一ミリほど離れたところに、私の感覚神経が留まっていたので心地よいという想像をしていたが、今は皮膚の中一ミリぐらいのところに潜っていて、そこでの想像は、ちょうど生の豚肉を触っているような感触だった。風が行き来しないその場所は、油分が膜を張りべたべたしていて不快だった。

暗示はついに、「男の身体は気持ちが悪い」と、私に真実思わせるようになっていた。その嫌悪は、下着によって最高潮に達していた。それらは独り住まいの私には、あってはならない物だった。何度かはき古したトランクスが、私のタンスの中にある。その状態は耐えられないほどの不快感があった。

私は一つ摘まみ上げた。

「何これ？　不気味だわ」

ネコニャの物であっても、今は何の魅力も感じなかった。それどころか、気持ちが悪かった。

男のパンツがある。考えただけで吐き気がする。

私は暗示をかけ続けた。

ネコニャはもう帰ってこない。だから否定しよう。嫌いになろう。ネコニャも、彼を愛した自分も、彼の記憶も、彼の記憶に酔いしれている自分も、すべて消えてしまえばいい。男の肌や息が、自分に触れると思うだけでおぞましい。

そう念じ暗示をかけ続けた結果だった。

今私が手にしているトランクスをはいているネコニャの姿は思い出せなかった。セックスに対する欲求も湧かなかった。男の身体そのものを想像するのもいやだった。

私はトランクスを、得体の知れない物を持つように一つひとつ親指と人指し指だけで摘まみ上げては、ゴミ袋へ落としていった。

これはもしかしたら、私がどこかで盗んできた物かも知れない。

ふっと思った。

私が『ネコニャ』と名付けた人物は、最初からいなかったのではないか？

そんな疑問まで浮上してきた。

下着を眺めても、ネコニャとのセックスが思い出せない。それよりも、こんな物をとっておいた自分への嫌悪感の方が強かった。略奪してきた下着を処分する泥棒のように、私は人目を避けながらそれらを入れたゴミ袋を抱え、急いで捨ててきた。

捨てた瞬間、証拠を隠滅できたことに安堵した。それにより、壺も少し遠のいたような気がした。

もうネコニャの物はほとんど残っていないから、このまま物とともに記憶も薄れて、楽になれるのではないかと思った。

集積所から戻ってくる途中、近所のアパートの前に、引っ越し用の大きなトラックが停まっていることに気がついた。運び出しもほとんど済み、赤ちゃんを抱いた母親が、似たような年齢の女性と立ち話をしていた。

「もう二度とお会いできないと思うけれど、お元気で」

彼女が発した言葉に、私の心臓は激しく胸壁を叩いた。

生きているのに、二度と会えない？

私は立ち止まり、アパートを見上げた。そこは根無し草の城だった。いつかは出ていく者たちが、束の間滞在するだけの仮の場所だ。きっと一ヵ月でも束の間だし、十年住んでも束の間でしかないのだろう。そこでたまたまわずかな時間を共有したからといって、一生その縁が続くことはほとんどない。

ネコニャもそうだった？

私はあわてて家に戻った。

私はここに家があるから、売らない限り、たとえ何年間か離れても、きっと戻ってくるだろう。でも根無し草の住処では、二度と帰ってこないのが普通だ。突然、日曜日にトラックが来て、挨拶くらいしか交わしたことのない人が、荷物とともに消えてしまえば、もう二度とその人と会うことはない。もちろんどこかで生きているけれど、どこで生きているかは永遠に解らないだろう。万が一、その人が死んだとしても、そのことすら知らずにみんな生きていくのだろう。

ネコニャもそうだった？

自分の過去を語らなかったネコニャ。多くの物を所有しようとしなかったネコニャ。何も持たずに消えたネコニャ。

彼にとって私と暮らした一年は、本当に一年という長さがあったのだろうか。

薄れかかっていた壺が、また私の心の中心へ向かって移動しはじめていた。

私はふと、駅の階段でたくさんの荷物を抱えたおばあさんと出会ったときのことを思い出した。

荷物の多さにびっくりした私は、思わずおばあさんに声を掛けた。

「半分お持ちしましょう」

振り返ったおばあさんは、私を見上げてはらはらと涙を流した。

「この駅で三つ目の乗り換えだけれど、今まで誰も声を掛けてくれなかったよ。あんたが初めてだ」

私たちは目的のホームまで、荷物を半分ずつ持って歩いていった。

おばあさんは子どもの家を久しぶりに訪ねる途中であること、田舎は離島であることなどを話してくれた。

その間わずか数分だっただろう。でも私たちは触れ合い、語らい、同じ時間を共有した。

けれど、おばあさんが電車に乗り込み、ドアが閉まった瞬間、もう二度と会うことはないだろうと思った。
たった数分の出会いだった。それ以降、交わることのない人だった。それでも、出会って会話する運命の人だった。

ネコニャもそうだった?

ネコニャにとってこの一年は、数分の出来事と同じだったのかも知れない。自分の経歴を語らず、わずかな物しか所有しないネコニャは、常に一瞬の中に自分を存在させているのかも知れない。一瞬のことに心残りをすることはあまりない。私は彼にとって、行きずりの人間にすぎなかったのではないだろうか。私は一瞬すれちがっただけの人間だから、未練がないのだろう。だから戻ってこないのだ。

ネコニャはもう私を覚えていないのかも知れない。

そう思ったとたん壺が突然大きくなり、唐草模様まではっきりと見えた。それは心の左半分を占めるほど大きく、心臓が胃を押し潰すほど重く感じられ、同時にものすごい不安感が襲ってきた。急に湧いたイメージは、『アリババと四十人の盗賊』に出てくる焦げ茶色の大きな壺だった。盗賊に象徴されるような恐いものや汚いものが入っているような気がした。

「何？　これは……」

私はつぶやいた。確か壺にはネコニャ本人と彼への想いを入れておいた。でも気がつくと、いなくなったネコニャに対して自分が抱いた感情を、片っ端から投げ込んでいた。いやな予感がした。彼との切ないほどの思い出を入れておいたはずなのに、まったく違うものを詰め込んでしまったような気がした。けれど、壺をひっくり返して中に詰まっているものを確認することは、恐ろしくてできなかった。

私は震える手で精神安定剤を口に入れた。これさえ飲んでいれば、次のカウンセリングまで持ちこたえられるはずだ。

私は壺のイメージをそのまま放置して、薬で落ち着いたところで、ネコニャにとっての私の存在価値について考えはじめた。

だって、私にくるっと背を向けて、居なくなっちゃったのだから。

私って、何だったのだろうか。

もしもネコニャが、私と過ごした一年を一瞬の出来事と捉えていて、私は記憶に留める価値もない人間だったとしたら……。そう考えたら惨めになった。

「百閒先生。ノラにとって自分は特別な存在だと思っていましたか？」

私はつぶやいた。先生はそんなことは考えなかっただろう。猫に代償を求めたって、猫は猫だ。勝手気ままな猫だから、ご機嫌も取りたくなるし可愛がりたくもなる。それに対して代償は求めない。あるのは人間の自己満足だけだ。でも、ネコニャは人間だから、私はネコニャの感情に期待していた。ネコニャも私を気に入っていると思い込んでいた。でも、どう思っていたかは彼の問題であって、私の問題じゃない。自分の問題として、百閒先生はノラを捜した。ノラの問題として、ノラを責めるような文章は一行もない。

「ネコニャが戻ってこないということは、ネコニャにとって私は特別な存在ではなかったということじゃない。つまり、ネコニャに入れ込んだ私がばかだったのよ！」

私は叫んだ。

壺のイメージは最悪。ネコニャにとっての私の存在価値も最悪。身体の調子も最悪。最悪の答えほど認めたくないものはない。自分の身体を切り刻んで捨てたいほど、自分を持て余していた。

「新聞紙になりたい」

　私はつぶやいた。

「新聞紙？」

　カウンセラーが確認するように言った。

「そう。新聞紙になれたら、透明な瓶のような『器の私』から、中身の『私』を取り出して新聞紙に変え、空き瓶の私がそれをぐしゃぐしゃに丸めて、次に引きちぎって盛大に空中に放り投げ、川に流しちゃうんです」

　それを終えた空き瓶の私が、インクに汚れた透明な自分の指を見つめていた。私はその姿をカウンセラーに伝えると引き続き叫んだ。

「臭くて、汚い！　ついでに空っぽになった私は、もう『私』を捨ててしまったのだから、何の価値もない物体になっている」

　私は空き瓶になっている私を見つめた。

「私って何人いるのかしら？　時々解らなくなるのよ」

「どうして？」

「だって新聞紙になって捨てられた私がいるでしょう？　それが出てしまった空き瓶の私がいて、さらに何の価値もない物体だと、空き瓶の私を蔑む眼差しで見ながら、ハンマーを振り上げて壊そうとしている私が見えるの。それからその三人を見て、状況を語っているこの私がいるじゃないですか。どれが私なのかしら？」

「今はどの自分に心が寄っているの？」

「空き瓶の私にハンマーを振り上げている私が、語っている私の一番近くにいるわ。空き瓶と新聞紙には心が寄っていないわ。私がその二つを蔑んでいるのがよく解る。『ばかなことをした女』って思っているわ」

「ハンマーを振り上げているあなたが、そう言っているの？」

「目がね。そういう表情の目だわ。空き瓶を見つめながら、『いったい何をやっていたの？行きずりの男に夢中になっていたようなものじゃない。ばかね』って」

　私はそう言っている私に急速に入り込んでいった。男やセックスに対する嫌悪感も手伝って、私は自分の愚かさをあざ笑うことに陶酔しはじめているようだった。

　もういつでもハンマーを振り下ろす準備はできていた。自分を壊すことを怖いとも思わなくなっていた。

　ネコニャは確かに存在していた。でも行きずりの彼は、ふっと私の前を通りすぎただけだった。その行きずりの男に私は一目惚れし、彼をお金で買って抱いてもらったのだ。それを相思相愛だと錯覚していた。

「ばかな女。行きずりの、しかも八歳近くも年下の男の子に夢中になっているなんて」

吐き捨てるように声に出した。自分を虐げ、追い詰め、存在を否定した。ハンマーはいつだって振り下ろせるから、その前にばかなことをした自分をたっぷりと嫌悪し、それを味わいたくなった。そうすることですべてを壊さず、あの時間を生きていた自分だけを消去してしまえるような気がしたのだった。あの時間に存在していたすべてのもの、ネコニャや私や、二人で過ごした日々、訪ね歩いた場所の位置さえも、みんな忘れてしまいたかった。ぽっかりと、その時間の記憶だけ脱落してしまえばいいと思った。

「それでも、そうしてしまった自分が過去にいるのよ」

話を聞いていたカウンセラーがささやいた。

「解っています。だからあざ笑い、そのときの自分の存在価値を否定しているんです」

私はひねくれた気分でつぶやいた。

「後悔してもあざ笑っても、事実は消えないわ」

「だからたまらないんです。そこだけ捨ててしまいたい。なかったことにしてしまいたい」

私は震える身体を自分の両腕で強く抱きしめ、吐き気をこらえながら言った。

「壺へ入れることはできない？」

カウンセラーはノートに私の言葉を書きながら問うた。

「あの壺に何か違うものが入っているの。ネコニャとの思い出や彼自身に関する記憶とかを、私の切ない想いとともに入れておいたはずなのに、今は違うものに変わっていることが解るの」

「何？」

「汚い。怖い。すごく不気味で気持ちが悪い『もの』が入っているわ。それだけは解る。だから嫌悪している。見たくない」

私は一度言葉を切った。カウンセラーは、私が再び話しはじめるのを待っていた。

「あの壺が気になって仕方がないの。ねぇ、どうしてあの壺を作ったの？」

「辛いと思うものを、とりあえず片付けるためよ。心の浅い部分でよくよ考えていないで、『壺』という片付けるイメージがしやすいものを作って、それにしまい込んで蓋をするの。片付けてしまったものだから、もう考えなくてもいいものなのよ」

「でもね、辛いものが、次から次へと心の中に産まれてくるの。だから私は壺へそれらを投げ込んだわ」

「それで？」

「入れるから重くなるの。その重みが気になってきてしまったの。先生、どうしよう」

「壺をね、重大なものだとか大切なものだとかって、思わなくてもいいのよ」

「どうして？　ネコニャのことが入っているのよ。大切に決まっているわ」

「いいえ、あなたの心を軽くするためにある壺なの」

「壺にネコニャを投げ込んで、心を軽くしなくちゃ生きていけないような私なら、こんな私は要らないわ。こんなに情けなくて、ばかな私は要らない。先生。どうやったら捨てられるの？　なかったことにできない？　リセットボタンを押すように、あの時を過ごした私を消してしまえないの？　死んですべてを消さないとだめなのかなぁ」

空っぽのガラス瓶の私を叩き割ろうと、私がハンマーを振り上げている映像がこびりついていて消えなかった。

「捨ててもいい物に、命なんかかけないのよ。いい、今あなたが要らないと感じているあなただけが、あなたのすべてじゃないのよ。それは解っているでしょう？　少しずつでいいの。他の自分の量を増やしていきましょう。その部分を大きくすれば、今苦しんでいる自分が気にならなくなると思うわ。壺もね、きっと軽くなっていくわ」

「他の自分？」

彼女の言葉にほんの少しだけ耳を傾け、理解しようとしている私がまだ残っていた。

「そうよ。汚いと思う壺はそのまま心の奥の方へ残しておいて、パステルカラーの壺を見つけられる？」

「だめ。それに頼って今の自分から逃げてはいけないの。うんといじめてやらないといけないの。だって、私はそれだけ愚かなことをしたんだもの」

「そんなに自分を追い詰めなくてもいいと思うわよ」

彼女は笑いもせず、だからといって哀れみもせず、冷静な声で言った。

「追い詰めているんじゃないの。徹底的に自分を蔑まないといけないって思っているの。もう二度とこんなばかなことをしないように、はずかしめてやらないといけないの。そうしたら、きっともうこんなに後悔するようなことをしないわ。ネコニャと過ごしていたときにはいなくなっていた監視役の存在を、もっと大きく作るのよ。彼女をいつも私の背後に立たせておいて、忘我するほど人にのめり込むようなばかなことを二度としないように、監視させるの」

「どうしてそんなに自分を痛めつけるのかしら。あなたはもっと違うあなたも持っているのよ。今一番大きく見えてしまっているあなたから、目をそらすことができないの？」

「だめ。ここに集中しているわ」

私は眉間(みけん)をひとさし指で押した。

「ばかなことをした愚かな女。最低よ」

私はつぶやき続けた。そうやって納得し、二度と同じ過ちをしないように、自分を戒め続けることをやめられなかった。だから、壺は私のすぐ近くになくてはならなかったし、重くなくてはいけなかった。

起きているときは繰り返しつぶやき、自分を徹底的に否定した。けれどついに責め続けること自体に耐えられなくなり、私は大量の精神安定剤と睡眠薬を飲みはじめた。

どうしようもなく眠くなった。まぶたが重くなるというよりは、脳自体にシャッターが降りてしまうような感じで、目は開いていても物を認知してはいなかった。トイレへ行ったような気はするけれど、本当に行ったかどうか覚えていないほど眠くなるのだった。

それからというもの、電話に出た記憶はあっても、誰とどんな内容の話をどう話したかまでは覚えていなかったり、食事をしても、本当に食べたのかと問われると自信がなかった。でも、キッチンにはコンビニエンス・ストアーの袋があったし、食器も洗ってあったから、買物をして食べてはいたようだ。眠っていることは解っていたが、起きているときの記憶は本当に怪しかった。

気がつくと眠っていたので、一度だけ、意志の力で眠らないようにこらえてみた。すると吐き気が込み上げてきて、食べた物をもどしてしまった。そこまでして起きている理由を見つけられず、再び眠り続けることにした。

もうろうとした日々は、おそらく二週間ほど続いただろう。処方されていた睡眠薬を飲みつくしてしまい、眠れなかったらどうしようという不安感で我に返った。

「こんなことをしていたら、だめになる」

眠るだけ眠り続けたら、睡眠薬漬けになっていた自分に、ブレーキを掛けるだけの理性が戻ってきていた。

いくらでも眠れる睡眠薬の威力に、以前読んだ新聞記事を思い出した。私が飲んでいる米粒を押し潰したほどの大きさの睡眠薬が、一錠千五百円で売買され、覚醒剤のように使われ、売った看護師が逮捕されたという記事だった。最近では、それを飲ませて金品を奪い、屋外に放置して死なせてしまった事件があった。青い色をしたそれは、幻覚を見る副作用があるという。それを飲んだあと眠らず、ふらふらと歩き回っていた私は、幻覚状態だったのだろうか？　医師にそのことを尋ねたら、否定はしなかった。その薬の取り扱いは、法律でかなり規制されているという。

「君はそういうことに罪悪感を持っている人だから、僕は君に処方できるんだよ」

彼の言葉に、私は見透かされている気がした。確かに私はモラルの塊だ。だから、眠れないからといって睡眠薬を飲むことに罪悪感がある。酒と一緒に飲んだらかなりいい気分になる薬だそうだから、薬を渡すとき、薬剤師はご丁寧に「お酒と一緒に飲まないでください」と注意してくれた。モラルがなかったら、せっかく持っている薬だから、それを試してラリってみただろう。けれど、絶対にしなかった。だって私は、くそ真面目な人間だ。いけないと言われたら、いけないことなのだからやらない。

私はふと、激しい腹痛を起こして、病院へかつぎ込まれたときのことを思い出した。普通の鎮痛剤も、痛み止めの座薬も効かないほどの激痛だった。これが効かなければ、もっと大きな病院へ搬送しようということで、幻覚症状の出る鎮痛剤を注射することになった。要するに麻薬の類だろう。それを「病みつきになるなよ」と医師は言いながら打ったのだった。

打ってしばらくすると、腹痛が和らいできた。閉じた目の中が暗くなり、銀色の光が溢れてきて、やがてその中に、巨大で分厚い銀色をした本が現れた。それはちょうど真ん中辺りで見開きになっていた。

左側のページの左下角から紙がめくられていく映像が、目の中で動きはじめた。薄い紙がゆっくりと持ち上がり、なまめかしいカーブを描いて、スローモーション・フィルムを見るように、何枚も何枚も、音もなくめくられていくのだった。

それは地下鉄の通風口の上に立って、スカートを押さえているマリリン・モンローを思い出させた。スカートがゆっくりとめくれ上がるように、紙がなまめかしいカーブを描いてめくられていった。あわてて押さえる彼女のくねった腰のように、紙が悶えてうねっていた。

顎を上げ、真っ赤な口紅をべったりと塗りつけた唇を、キスをねだるようにほんの少しすぼめて、誘う声を上げている彼女のように、紙の端がゆっくりと跳ね上がった。

私は渦に囚われたような浮遊感の中で、何枚もの紙がそれをエロティックに演じ続けているさまを、我を忘れて酔いしれそうになりながら見つめていた。ここで自分の理性を引き止めている何かをすべて切ってしまったら、エロティシズムの濁流に飲み込まれるだろうと思った。私は本になり、めくられていく動きに快楽を見いだし、陶酔し、何もかも忘れて悶えたりエクスタシーを感じたりして、本当に声を上げてしまうと思った。

本音を言えば、それをしそうだった。したかった。何もかも忘れて、突き抜けるようなエクスタシーに悲鳴を上げたかった。

どうしようかと思った瞬間だった。冷ややかな眼差しをした私が、声を上げようと唇を開きかけた私の背後にすっと近づき、冷たい手を私の肩に置いたのだった。

「ほー、これが幻覚ね。この次から次へとめくられていく本のなまめかしさを、快楽と感じて病みつきになると、うそをついてでも、また注射を打ってもらいに来ちゃうのね。まぁ、そうしたっていいけどさ、見ていてあまり気分がいいもんじゃないわね。理性を捨て去って声を上げるのは楽だし、上げてる本人は、自分の姿を客観視できないわけだから、陶酔しきってさぞ気持ちいいでしょうけれど、見ている方はねぇ……」

冷めた眼差しの私は、陶酔しかけた私に次の言葉を続けさせようとするかのように、途中で言葉を止めて冷笑した。私は背後の私を横目で見ながら、開きかけた唇をゆっくりと閉じて、本と自分の間に、目には見えない衝立のようなものを立てかけて、ガラスの部屋に入っている珍獣を眺めるように、悶えている本を見つめた。もう絶対に自分を解き放とうとは思わなかった。珍獣にはなりたくなかった。

私はこれが珍獣に見えてしまうほどくそ真面目で、感情に流されることを嫌う人間だ。背後の私は、忘我することを嫌悪対象と判断して、流されそうになる私の肩を掴んで、そうしそうになる私を卑下した。その私を押し切ってまで快楽に悲鳴を上げることはできないのだった。これが私の監視役だった。

私の中ではそういう関係が成立していたが、現実世界では背後の私も前の私も区別はない。答えは一つしかなく、その答えによって私は喋り動いていた。

私は理性的で聡明な女の印象を『売り』にしていた。だから私は、幻覚から覚めた瞬間、医師に告げた。

「先生。幻覚って気持ちが悪いわ。これに病みつきになる気持ちは、理解できないわ」

もう二度とこんな感覚は味わいたくなかった。何もかもを忘れて、陶酔し切ってしまう自分を想像しただけで、こっぱずかしくて気分が悪くなるのだった。

きっといつだって何かのきっかけがあれば、陶酔の中へ入りたいと欲するだろう。その危険は充分に想像できる。だって快楽が嫌いな奴はおそらくいない。けれどその酔いしれている姿が珍獣に見える限り、私は踏み止まらなければならない。薬を打って幻覚に耐えるしんどさを考えれば、はなから打たなければいい。そうすれば快楽は襲ってこない。快楽に囚われなければ、二度目を打ちたいとは思わない。つまり、快楽の元に近づかなければいい。

あのときそう思ったはずだった。それなのにその私が、八歳近くも年下の男の子に夢中になり、恋しくて夜も眠れないほどのめり込んでしまった。あの幽玄な輝きを放っているネコニャは、私にとって快楽を呼ぶ麻薬だったのだ。だから警報が鳴ったのに、私は猫のようにいつの間にか心の中に忍び込んできたネコニャを受け入れて、針を刺してしまった。

「あれほど嫌悪していた麻薬だと、どうして気がつかなかったのだろう」

私はネコニャという麻薬が引き起こす、甘美な幻覚に陶酔していたのだ。

「蜥蜴の尻尾が完全に再生されていないから、何度でも状態が悪くなるような気がするの」

私はカウンセラーに蜥蜴の尻尾のことを告げた。

「切れているの？」

「ううん。先っぽのほんのわずかだけが再生されないの。これが欠けている限り、私はこの泥沼から抜け出せない気がする」

「じゃあ、そこに粘土か何かで、欠けた分を作ってみたらどうかしら？」

「え？」

イメージの中で、尻尾の欠けた部分が大写しになった。

「自分で作って、くっつけられない？」

彼女の言葉で、突然私は、イメージ世界でせっせと粘土で尻尾を作っている自分を見た。やがてでき上がった粘土の尻尾を、私は自分の欠けた尻尾の先に付け足していた。

尻尾が完全な形に修復されたと思うと、なぜか現実での私も、何事にも安堵して取り組み、安定してきていると感じるようになった。それは心の風穴が塞がれていくような感じだったり、ジグソーパズルがどんどんとはまっていくような感じだった。

相変わらず睡眠薬は飲み続けていたが、「眠れなくても、まぁいいか」と、気楽に考えられるようになり、量が半分の錠剤に代わっていた。状態が良くなると、壺のイメージも薄らいできた。最近では、壺に何かを投げ込むこともなく、心の隅の方へ押しやっておく日が多くなった。

覚醒している時間が長くなると、本や新聞を読むとか、テレビを見ようという意欲が出てきた。

興味を持ってそれらを見るようになったある日、テレビのスイッチを入れた途端、スピーカーからものすごい声量の、ハイトーンボイスのボーカリストの歌が、衝撃を伴って私の耳に飛び込んできた。

天空まで突き抜けるような声が、未だ私にまとわりついて離れなかった、ネコニャが放っている艶やかだけれど幽玄で現実感がない絹の光沢のような輝きを一瞬で砕いた。厚い雲を貫くサーチライトのような強い声が、私の脳みそに掃射され、滞った空気に侵されていた私の身体までも貫き、穴を開け、新鮮な空気を送り込んだ。私の身体は穴だらけだった。それはブラック・ホールに通じる黒い穴ではなく、穴の向こう側に青空が見えていた。

「こんなに風通しのいい身体になったのは久しぶりだわ」

『すっかすか』としか表現できないほど、私の頭の中は空っぽで、悩むとか、苦しむとか、悲しくなるとか、思考するとか、とにかく脳みそにストレスを与えることを放棄していた。

　翌日私は、彼のCDをすべて買い込んだ。

　八月、夏真っ只中の公園は、噴水の中ではしゃぎ回る子どもの声や、蝉の声が溢れていた。見上げた空は、セルリアン・ブルーの絵の具をべったりと塗り込めたように青かった。夏の絶対的な高気圧が腰を据えて居座っている様子を想像すると、可愛らしいような、呆れるような、妙な気分になった。

「あなたが一番偉いわ」

　私は高気圧に話し掛けながら、木陰でCDのパッケージを開けた。ぎらつく太陽を遮ってくれている桜の葉に感謝をしながら、コンパクト・ディスクプレーヤーにCDをセットし、木漏れ日に目を細めながらヘッドホンを掛けた。突然の大音響。ビートの効いたロックのリズムの中で、天空を突き抜けるハイトーンボイスが響き渡った。

「すっごーい」

　木陰を出て真っ青な空を見上げて叫んだ。清浄な空気が身体中を循環し、両手を広げたら、その声に乗って空まで一気に昇っていけそうな感覚が湧き上がってきた。

私は耳に神経を集中させた。音楽を聴くことは得意中の得意だし、一番好きなことだった。

「私の耳にすごく馴染む声だわ」

私を十二の文字の世界が捕らえていた。音色は違っていても、音は十二文字しかない。たった十二文字の世界は、私には心地よかったし、解りやすかった。

「こんなに楽になれる世界はないわ」

この世界に心を寄せている限り、悩むことや苦痛を感じることはない。

私は一日中ヘッドホンを外さなかった。ずっと聴いていたい思いと同時に、これを聴いていればいやな音が聞こえず、常に涼風の中で、『ピンクのふかふか』を頬に当てているような感じだったからだ。

音楽を聴き続けている私は、カウンセラーが言う『他の自分』だと思った。その部分が確実に比重を重くしはじめていた。

それはまるで、大切にしていたはずなのに、気がついたら落としてしまっていた『幼心』という星のかけらを、丁寧に拾い集めているかのように、私はネコニャと出会う前の自分を拾い集めているのだった。

ふと、私は自分のかけらを拾い集めている場所が、浜辺であることに気がついた。寄せては返す波のざわめきと海から吹き寄せる風が耳と肌に心地よかった。見上げた空は、光彩までも青く染めるかのようにやさしく私を見つめていた。

ああ……。壺を作った時に見たあの海と空の中にいるんだ。あの場所が『他の私』だったのか。

私の心の中には、ちゃんと『他の私』が最初からいたのだ。ネコニャの幽玄で掴みどころがない輝きに囚われていて、気がつかなかった。

私が好きだったものは、音の世界だった。どんなにたくさんの音が重なっていても、たった十二文字の音でそれらは表せる。私にはとても簡素に思えるから、逆に限りない広がりを感じたし、束縛のない想像力を働かせることができるのだった。それが私の中では無限に広がる空と海に象徴されていたのだ。

私は人と関わるよりも、音の世界に住んでいる方が好きだった。私は人の顔色をうかがうことや、人の感情を受け入れることに苦痛を感じていた。罵詈雑言に対して、それを自分の問題と捉えてしまい、言った本人の問題だと思うことができずに傷ついていた。だから監視役は、私を人に深く関わらないようにさせていた。両親が失踪し、私に干渉する人は誰もいなかったけれど、監視役はいつも私と行動をともにし、自分を守ることを最優先させていた。私はけっして他人を家の中にまで入れることはしなかった。監視役の私が、門番のように私の前で立ちはだかり、それらを阻止していた。

「それなのに」

ふっとネコニャを思い出しかけた。本物の猫のように、いつの間にかこの家に忍び込んでいたネコニャ。可愛くて、つい家に入れてしまった私が迂闊（うかつ）だった。

「もう、誰もここへは入れないわ」

私の心の中には、たぶん引き出しがたくさんはないのだろう。あれやこれやといろんな感情や状況を受け止めきれない。適当にとか、ほどほどに、いろんな物を引き出しに入れておくという納め方がどうしてもできなかった。

それを知っていたから、監視役は私を人混みへ押し出そうとはしなかったし、心の中へ他人を踏み込ませなかった。物に安定を求めている私は、自分の好きなものを手放すことは絶対にしなかったのに、ネコニャが来てからは、私のすべての引き出しは彼で溢れ、他の物は入らなくなっていた。

私はイメージ療法の中で再び壺を、心の奥の方へと片付けた。

ネコニャにとって私との一年は一瞬にすぎず、私はその一瞬、すれちがっただけの人間だった。

「だから消えてしまった」

私はつぶやいて、自分を納得させた。

私は八月上旬、最後のゴミ集めを済ませ、ピアノ室のロー・ソファーを二階の自室に片付けた。

ピアノ室に戻ると、ソファーがあったところの壁際に目がいった。一年ちょっとの間に溜まったほこりが、うっすらと積もっていた。私は掃除機を壁際に当てた。

ネコニャの衣類から出たほこりかも知れない。ネコニャが立てた絨毯のほこりかも知れない。積もったほこりの一粒にも、彼の記憶が刻印されているような気がしたけれど、私は一気に吸い取った。ネコニャがそうしたように、私も彼との一年を、一瞬の出来事として終わらせてしまいたかった。新聞紙のように丸めて捨ててしまいたい私は、すでに本当の新聞紙のようにとても軽くて、ぺらぺらの価値しかなくなっていたからだ。『他の私』の方が、今は重くなっていた。

「ネコニャは本当に居たのかしら？」

「どうしてそう思うの？」

カウンセラーが尋ねた。

「残っているものは、もう私自身の記憶しかないからです。ネコニャの物はすべて処分しました。あと、処分していないのは記憶だけなんです」

「それは処分するものではなくて、整理するものではないかしら？」

「整理？」

「そうよ。乱れた状態のまま放置しておかないで、納得がいくところへ納めるものよ」

「記憶は処分できないの？」

「だって、消えないでしょう？」

「でも実体がなくて、目の前に差し出すことができない不確かなものだわ。そんなものを、どうやって整理するの？　だってネコニャがいたという確信が、私にはもうないの」

私は泣きだしそうだった。

「記憶は残っているのでしょう？」

「誰の？」

　私はイメージ世界の中で尋ねた。

「彼よ」

「だから！　あなたが『彼は幻だったの。実在人物ではないわ』と言ったら、私はそうだったと思うわ。『彼は居たのよ』って言ったら……」

　そこまで言って私は言葉に詰まった。いたと言われても、納得できなかった。第三者にいたと言われたら、いたはずのネコニャが私の前から消えたことが事実になる。そんなこと認めたくなかった。

「ネコニャは実在していなかったことにできないの？」

　私は泣きだしていた。

「居たわ。だからあなたは苦しんでいるのでしょう？」

　彼女の言葉に私ははっとした。そうだった、いなくなったから具合が悪くなったのだし、こうして治療に通ってもいるのだった。ネコニャについての記憶があやふやでも、この体調の悪さはあやふやなものではない。いた者がいなくなったから、私は病気になった。

「そうよ。いたからこんなに苦しいのだわ。百閒先生が言ったの。『猫一匹の事ではない。ノラがゐた儘のもとの家の明け暮れが取り戻したい』って。ネコニャが欲しいの。でも、それ以上に、ネコニャがいた日常が欲しいの。あの暖かい日々、心地よい涼風が吹き抜けていた、あの穏やかな日々がもう一度欲しいの」

　イメージ世界に入っていなかったら、私はこんなに簡単に彼女の言うことを聞くことはできなかったし、思ったままのことを喋ることもできない。私のプライドが、私の口を閉ざしただろう。

「その苦しいものを、何かに置き換えられないかしら？」

「もう変わっているのよ。漬物石になっているの。コロンと丸くて重いのね。私はそれをあの壺の中に落としたくて仕方がないの」

『ネコニャはいたけれどいなくなった』という石を、壺の中の落とし蓋の上に載せることにより、ネコニャに対して持った感情のすべてを完全に封印できるような気がした。楽しかった思い出も、どろどろした感情も、その石を載せることで漬物を物置の奥へとしまうように、私の心の片隅に片付けられる気がしたのだった。

「石を載せて片付けるわ」

　私はつぶやき、イメージ世界の中でそれを行った。

「私に一番近い場所で、パステルカラーの光を放つ壺たちがたくさん並んでいる。暖かくてわくわくしてくるわ。すごく楽しいものが詰まっているみたいよ」

「彼の記憶を詰めた壺はどこにあるの？」

「奥の方。ぽつんと一つだけ寒々とした暗い場所に置かれているわ」

「気にならないところ？」

「んー。ちょっと気になるわ。眼鏡の上の方についた小さな黒いゴミぐらい。何かを見るときに邪魔になるわけではないけれど、ぼんやりとしているときにふっと気になるような感じだわ」

物は私にネコニャの存在を証明し切れなかったのに、実体のない記憶が、私にネコニャがいたことを証明していることが不思議に思えた。でも、記憶は私だけのものだから、他の人にとって、それはやはり彼の存在証明にはならないだろう。

「そんなものなのよ」

私はため息とともにつぶやいた。

「なぁに？」

「記憶って私だけのもので、他の誰のものでもないのね。きっと実在するのは誰にとっても同じだけれど、それをどう感じて自分の中で消化するかは、人それぞれなんだわ」

「そうね」

「私がどう過去を整理するかだけの話なんだわ」

私がどんなに苦しんでも、どんなにネコニャを欲しても、それは私だけの問題で、ネコニャの問題でもなければ、当然それ以外の人にとってはどうでもいいことだ。

「けっこう簡単な話だったのね。何だか情けなくなってきたわ」

そう言いつつ、それでもういいか、と思えた。

ネコニャがいたとか、いないとか、論じなくてももういい。記憶は薄れていくものだ。忘れていく能力があるから、こんな小さな身体の中に、膨大な時間を詰め込める。新しい時間を取り込むことができる。

私は大きなため息をついて、そう結論づけた。


カウンセリングから帰る途中、美術館のポスターが私の目に入った。

「ムンク?」

私は中学生の頃、百科事典をめくっていて、ムンクの項目に掲載されていた『病める子』のリトグラフに惹きつけられた。細く薄い髪の毛を束ねた少女の横顔を描いたリトグラフだった。死の床にある少女の眼差しからは、うつろで悲しげで、それでいて無垢な印象を受けた。何を見つめているのだろうか? その眼差しは、十年以上経った今でも忘れられないものだった。その『病める子』が来ていた。私は迷うことなく美術館へと足を向けた。

本物が見たいと思い続けた『病める子』は、三作あった。最初に展示されていたリトグラフは、百科事典で見たものとは別の、もっと衰弱していて老婆のようだった。

「これじゃないわ」

私は次の作品を見た。それは明らかに、思春期の私を虜にした作品だった。黒を基調色とした多色刷りのリトグラフだった。同じ版で刷ったピンク・黄色・赤色が基調色の方は、さらに印象的だった。

少女らしい優しい色合いで描かれているそれは、『狭間の領域』にいる彼女の不安定さをよく表現していた。眼差しは虚空を見つめているようだったけれど、その虚空には『死』がいるのだろう。ムンクは家系的に病弱で、ほとんどの者が病死をしていた。彼にとって『死』は身近にあり、人生にいつもつきまとっているものだったのかも知れない。どの作品にも、『死』『不安』『別れ』というものが描かれていた。

やがて一枚のリトグラフが目に止まった。『骨壺』という題だった。古代ギリシャ風の黒い大壺の上に、女性の顔が浮かび上がり、壺の底の周りには、不気味な印象を受ける裸の女性が三体うずくまるように描かれていた。ムンクは『壺、再生。汚れの中から悲しみと美しさをたたえた顔が浮かび上がる』と記していた。説明書きによると、三体の女性は

『悲愁、苦悶、腐乱』を表現しているという。イメージの中で見ていた私そのものを表していたような気がした。私はネコニャの苦しみから逃れるために、細いうどんのようになって、壺から出てきた。壺の中に残してきたものは、三体の女性が表しているものだったのかも知れない。

『死とは新たな命を生み出す過程である、という想念は、ムンクが生涯にわたって抱き続けたものである』

説明書きの最後にはそう書かれていた。

私は壺の中に、『ネコニャとの思い出』という死を入れ、再生を願って壺から出てきたのだろう。そして今、私は再生を始めようとしている。

私は『骨壺』という作品を振り返りながら、その場を後にした。

ネコニャの持ち物はすべて捨てた。ゴミ箱に捨てられない記憶は、心の奥底の壺に入れて封印した。ムンクのリトグラフどおりのことを、私は行った。彼の存在を重くするのも軽くするのも私で、その決定権は私だけにある。私から『ネコニャ』という枷を外せるのは、私だけだ。壺から出てきた私は、思いのまま生きるための再生を行ったのだ。

ネコニャの記憶は、魅惑的な色と甘美な匂いを漂わせていても、危険な蛇だ。私を捕らえ、狂わせ、苦しめる。蛇は手から離せばいい。震えながらこの手に握っている蛇は、遠くに置いた壺の中へ入れてしまえばいい。触らなければ怖くない。見えなければ気にならない。壺へ入れるということは、『ネコニャを殺した』ことと同じなのだから。

私は数回のカウンセリングで、壺を心の奥へ奥へと押しやった。


九月に入り、夏の高気圧が遠ざかっていくのが感じられはじめた。

私は、居間の掃き出し窓から入る、秋の気配を連れた穏やかな風に吹かれながら外を眺めていた。そういえば両親が失踪したと聞いて、あわてて帰国したのはこの季節だった。

「あら?」

私は門の向こうにたたずむ少年の姿に気がついた。半袖の真っ白いシャツがまぶしかった。庭を覗き込んでいる彼の姿に、私は何かを思い出しかけた。

サンダルを履き、庭から少年に声を掛けた。

「どうしたの?」

目深にかぶった帽子の奥の瞳が、まだ透明だった。

「そこに」

針金のように細い彼の腕が上がり、植木の間を指さした。

「ああ、ボールね」

私はそれを拾い上げると、門を出て彼の横に立った。

――こんな感じ、どこかで?――

私はふっと、また何かを思い出しかけた。

「はい、どうぞ」

私はその何かを思い出そうとしながら、少年を見下ろした。

「ありがとうございました」

少年は帽子に手を当てて深くかぶり直すと、私を見上げてにこっと笑った。

「ああ」

私は背を向けた彼を見送りながら、同じような少年に出会ったときのことを思い出していた。

ちょうど両親が失踪したと連絡を受けて、帰国したときだった。小学校高学年くらいの少年が、門のところに立っていた。

ふと気がつくと、家の中をうかがうように、不安そうに、その男の子が立っていた。目深にかぶった帽子の中の表情から、私はそう読み取った。そんな日が何日か続いた。

ある日外出から戻ってきた私は、門のところでその男の子と会った。

「何か？」

私は自分よりも背の低い彼に笑いかけた。

「いいえ」

男の子は私を見上げ、薄めの唇を真横に引いてふっと笑った。それから何かをこぼすように目を伏せると、私に背を向けて立ち去った。それっきり、彼は来なくなった。


「あの唇。それにあの目」

私は胸騒ぎがした。

「ネコニャ？」

私はもつれる足を持て余しながら、玄関へ転がり込んだ。サンダルを脱ぎ捨て、玄関横のクロークを開けた。

「時計がない」

私は観音開きの扉に両手を掛けたままつぶやいた。

あの日彼はサイドボードの上に置いてあった財布を持っただけだった。時計は鍵やコートと一緒に、ここに置いてあった。

「あの時計だけは、持って行ったのか」

不思議な話だが、私とネコニャの時計はペアだった。まったく同じ形の男物と女物だった。

「お父さんとお母さんが、十歳の誕生日、お祝いにくださったんだ」

彼は大切な物のようにそれを手の平に載せ、視線を落としていた。

――くださった？――

私は今になって、その言葉の異常さに気がついた。

普通親に対して『くださった』とは言わない。よほど上品に育ったか、他人行儀に扱われているか、本当の他人に言っているみたいだった。

ふっと、ネコニャと私の両親の関係に疑問を抱(いだ)いた。彼はこの家を知っていたのではないか、という気がしてきたのだった。

もう片付けたはずだったのに、私は再びネコニャとの記憶を呼び起こしていた。それは、心の奥へ押し込めた壺から、ドライアイスの白い煙のように、ゆっくりと、しかし確実に漏れて流れ出し、心の真ん中へ向かって床を這ってきた。

その煙の先端は、ネコニャと初めて出会ったときのことだった。パブで挨拶したとき、彼は私をじっと見つめていた。あのときの彼の眼差しと、少年のそれはよく似ていた。

同一人物ではないかと疑えば疑うほど、ネコニャと少年がとてもよく似ているように思え、それはやがて確信へと変わっていった。


ネコニャはあの少年で、パブで会ったときには、私がこの家の人間だと知っていたのではないだろうか？　ああ、思い当たることはたくさんある。

私は階段を上りはじめた。

ネコニャは私の部屋がどこにあるか知っていたし、東の部屋にある机をいとおしそうに見つめていた。

なぜ？　なぜ知っているのだろうか。なぜ？

ちょっと待て！

私は東の部屋に入った。

ここは彼の部屋だったとか？

いや、そんなはずはない。

私は彼と結びつく何かが残されていないかと、机の引き出しの中身をひっくり返した。

けれど、ありきたりな物が入っているだけで、特定の人物を示すような物は何も入っていなかった。

「気持ち悪い」

壺の中に納めたもろもろの汚くて怖いものまでが、白い煙となって心の中の床を埋めつくしていた。その中を、黒い蛇たちが、ゆっくりとうねりながら近づいてきていた。壺に納めていたすべての『もの』と疑惑が、渦を巻いて私に襲いかかってきた。

どちらかの親の隠し子だったとか。

弟だったりして。

あの子は何を考えていたのだろう？

この家に入り込むために、私に近づいたのだろうか？

まんまと入り込んだ彼に、私は何をした？

ここまで考えたら、生々しくネコニャの肌の感触が蘇ってきた。

――セックスをした――

私は両手を口に当てて、吐き気をこらえた。

あの少年が七年後、私の知らない何かを考えてこの家に入り込み、私を抱いた。あの小さかった子どもが。

「やだぁ」

思い出すのもいやなものを、私ははっきりと思い出し、捨ててしまいたい私が、また壺から這い出してきて私の心を占領した。

あのときあれほど年齢差を感じたあの子どもに、私は何も知らず、夢中になってしまった。忘我して、のめり込んで、楽しい日々だと、喜々としていた。

やだ！　気持ちが悪い。

そのときの自分を思い出すと、吐き気が込み上げてきた。その私と比べ、手をつくしてこの家に忍び込んだネコニャは、いったい何を考えていたのだろうか。何も知らずに、彼を可愛がっていた私を、どんな目で眺めていたのだろうか。

新聞紙にして捨ててしまいたいほど嫌悪する私が、やっと取り戻したはずの、完全な尻尾に再生されていた私にささやいた。

あの小さな少年だったネコニャに、いいように手玉に取られたのかも知れないのよ。彼に夢中になっている年上の女を、どんな目で見ていたか分からないのよ。抱きながらあざ笑っていたかも知れないわ。

「やめて！」

私は叫び、トイレへ駆け込んだ。

欠けていた部分を補っていた粘土の尻尾が、ぼろっと取れて落ちていた。

ネコニャのその目を想像した私は、強烈な疑惑とともに嫌悪感や罪悪感が胃の内容物に混じって込み上げてきた。吐いても吐いても、それらはいくらでも私の中から出てきた。私は冷や汗で身体中をびしょ濡れにしながら、トイレの中で座り込んでいた。

「私は、何をしていたの？」

ネコニャの失踪から一年が経とうとしているにもかかわらず、彼と、おそらく彼であろう少年の記憶が、再び私を苦しめはじめた。

私は何としてでも、ネコニャがこの家で過ごしていた証拠を見つけようと思った。彼が何者で、何を目的にここへ入り込んだのか答えを見つけなければ、私は嫌悪感と罪悪感を嘔吐し続けるだろう。

私は九月中、それを夢中で探し続けた。その間、私の頭にこびりついていたものはネコニャの視線だった。子どものときの彼の眼差しも、一年前の彼の眼差しも、何を思い、何を見つめていたのだろう。何を考えながら、私を抱いていたのだろう。

あの目が見つめていた私を思い出すと、気が狂いそうなくらい自己嫌悪に陥った。

「何であんなことしちゃったんだろう」

私は頭を抱えて床に座り込んだ。

「どうして、ネコニャだと気がつかなかったんだろう」

むかつく胸を押さえながら、私はトイレに駆け込んだ。

「血がつながっていたらどうしよう。ううん。それよりも、ネコニャはいったい何を考えていたの？　いったい何が目的でこの家に入り込み、私を抱いたの？　あの小さかった男の子は、何を企んでいたの？　私をどう思いながら見ていたの？」

嘔吐した私は廊下に這い出し、立ち上がると、再びその証拠を探して家中の家具の引き出しをひっくり返した。けれど、どこにもネコニャがいた痕跡は見つからなかった。両親の部屋のありとあらゆるところを探しても、彼に関係するものは、何ひとつ出てこなかった。

私の思い違いだろうか。

足の踏み場もないほどに家中を捜索し続けた私は、震える手でヘッドホンを耳に掛けた。ハイトーンボイスのボーカリストの声が、脳みそのすべてを揺るがした。私はそれを大音量にしたまま一日中聴き続けた。

もう何にも手をつけなかった。私は何かを思考するという作業を放棄してベッドに倒れ込むと、その声に耳を傾け続けた。音の世界に入り込み、十二の文字を読み続けていた。その作業をしていないと、罪悪感に押し潰されて、自分を存在させておくことは不可能に思われた。

ＣＤを取り替えるわずかな時間、彼の声が聴こえなくなる。たった数十秒のことなのに、それすらも怖かった。とにかく今一番気に入っている歌声の中で、すべてを放棄し、心を閉ざし、脳みそを彼の声と楽器の音で満たしてしまえば、他のことが入る隙間は、一ミリもないと思った。

だから、私は十二文字の世界に逃げ込み、音を聴き続けた。たった十二の文字を拾うことはとても簡単だから、疲れることもなく何時間でも拾い、頭の中で楽譜を書いていた。その作業をしていれば、ネコニャに対しての疑惑に悩まされることはなかった。

私は聴き続けた。彼の声が聞こえていれば嬉しかった。天空を突き抜けるようなハイトーンボイスが、頭蓋骨の中を駆け巡り、跳ね返り、響き渡ると、苦しい気持ちが消えていった。低音域の声は上等なベルベットの布地のように温かいイメージがあり、『ピンクのふかふか』を頬に当てているような感覚だった。その声は抱きしめて微笑みながら眠ってしまいたくなるほど心地のよいものだった。

彼の声を聴き続けていれば、厚地のベルベットが、ネコニャが放っている絹地の繊細な光沢を覆い隠してくれた。高音は幽玄な色を破壊してくれた。私はそうやってネコニャ自体を、頭の中から追い出した。

その状態を持続させるためには、常にヘッドホンを掛けて音を聴いていなければならなかったから、不眠症に陥った。でもＣＤを聴き続けていなければ、生活に最低限必要な事柄を行うことはできないから、私は聴き続ける方を選んだ。十二文字の音しかない世界で、彼の声の響きにだけ心を寄せることを選んだ。

強制的に耳に大好きなボーカリストの楽曲を押し込み、外界の音から耳を塞ぎ、その音楽に思考を集中させることで、ネコニャのことを考えてしまいそうになる自分を隅に押しやり、日常生活を辛うじて維持できる自分だけを、前面に引き出して動かしていた。

眠るときも、せっかく減った睡眠薬を再び倍の量に増やし、大音量でＣＤを聴きながら眠った。脳自体にシャッターが降りるので、強制的に耳から音が入っていても、ちゃんと眠れるのだった。

ＣＤを聴くことによって、私は最も安心できる音の世界に逃げ込み、ベルベットボイスの感触で温まり、寒々とした孤立感から自分を守りつつ、ハイトーンボイスで穴を開け、すぐに疑惑の堂々巡りをはじめてしまう脳みその中に、新鮮な空気を循環させていた。常にその状態にしておかなければ、絹の光沢が、忍び寄る狂気のようにすぐに私の頭の中で幽玄で繊細な輝きを放ってしまうのだった。その輝きに囚われたら、狂気に取り憑かれ、心が破壊されてしまいそうだったから、私は絹で脳みそを覆うわけにはいかなかった。ちらっとでもその光沢が見えると、急激に不安感が込み上げてくるのだった。だから私はヘッドホンを掛け続け、そうすることによって自分の心を守り、小さくちぎった粘土を無意識のうちに、欠けた尻尾の先にくっつける作業を続けていた。

十月も半ばを過ぎると、ヘッドホンから聴こえる音はやや小さくなり、若干落ち着いた。散乱させた部屋のすべてを見つめられる余裕が出てきていた。

私はCDを聴きながらぼんやりと立ち、ネコニャに関する資料が一切ない部屋を見下ろした。

私があの少年をネコニャだと思い込んだだけで、何の証拠もない。腕時計にしても、ただの偶然かも知れないし、机もそうだ。私の部屋を知っていたのだって、私の足音が階下に響いて、解ったのかも知れない。

へんにあの少年とネコニャをくっつけるからいけないのよ。ネコニャはあの少年じゃないのよ。もし万が一、ネコニャがあの少年でも、八歳くらいの違いなんてどうってことないわよ。だって、行きずりの子よ。もういないんだから忘れちゃえばいいのよ。それに、絶対に血がつながっているとは思えないわ。もし本当の弟だったら、セックスなんてするわけないじゃない。そのくらいのモラルは、彼にだってあるわよ。もし姉でも抱きたいってほど愛していたら、あんなにあっさりと消えたりできないわ。そうよ、さっさと消えちゃったのよ。重要な目的があってここへ入り込んだのだったら、そう簡単にいなくなりはしないわよ。つまり、何かを企てていたとか、そんなんじゃないのよ。男なら据膳食うのよ。うん。

「私は行きずりの女。悩むほど価値のある話じゃなかったはずじゃない」

私はヘッドホンを外してつぶやいた。

今まで苦しめられていたネコニャの失踪が、まさか自分がしてきたことを否定しないで済ませようとする、虫のいい状況を作る好材料になるとは思わなかった。安堵している自分に気がつくと、本当にばからしくなってきた。

「もういない子に苦しめられるなんて滑稽だわ」

私はプレーヤーを止めると、久しぶりに動かなくなったＣＤの丸い形をまじまじと見つめた。虹色を放つ銀盤を見つめると、急に目の中が明るい色に染まった。

「もう、やめよう。こんなに辛くて、どろどろした気持ちの中で生きるのは、もうやめよう」

無性に明るい風景が見たくなった。底抜けに明るい青空が見たかった。私はあの海と空を求めていた。

「空が見たいわ。身体が青に染まるまで、見つめていたいの」

イメージ世界で、私は青空を思い浮かべていたが、それがだんだんと黒色に侵食されはじめた。でも、怖くはなかった。これが自宅で囚われてしまうような白昼夢ではなく、カウンセラーの導きで入ったイメージ世界だと解っているからだった。

「どうして、こんなに変わってしまったのかしら。青空が見たいのに、それから目がそれてしまうわ。薄暗い部屋の中で、ネコニャが狼色の絹地をまとっている。サファイアブルーの光沢。ひだの中は青墨色だわ。その明暗があまりにもはっきりしていて、目が惹きつけられる」

「怖くはない？」

「ええ。ちょっと距離があるみたいよ。囚われることはないと解っているみたい。だから、見つめていられるわ」

「どう感じているの？」

カウンセラーの問いかけに、私は絵画を眺めるような感覚で、少し距離を置いたネコニャの姿を見つめた。

「この絹の光沢が、ネコニャ自身なの。幽玄で掴みどころがない輝きをネコニャが放っているわ。私はそれに魅了されているの。どうして、これに魅了されてしまったのかしら？以前の私だったら、絹の光沢やプリズムから放たれた虹のような繊細な光は、掴もうとしても掴めない恐ろしさを感じていたわ。どんなに心が奪われるほど美しくても、絶対に私の手には掴めないと知っていたわ。だから近づかなかったのよ」

「それが、今回は近づいてしまったのね？」

「ええ。だって、ネコニャがすっと私の心に入ってきたの。輝きの方から、私に近づいてきたの。だから、私は手を差し出してしまったわ。手に触れたら、その輝きが気にならなくなったのよ。私はネコニャを本物の猫のように抱いてしまった。ネコニャという幻覚に魅了されてしまったの」

「どうする？」

カウンセラーが私に尋ねた。

「どうする？」

私は同じ言葉を自分に向かってつぶやいた。目の中で、幽玄な輝きを放つ絹をまとったネコニャが笑っていた。それは、打つことを嫌悪したはずだったのに、打ってしまった麻薬が見せる恍惚とした快楽を与える絵画だった。

「青い絵の具を塗るわ。ネコニャが出てこないように、べったりと油絵の具を塗るの」

私は丁寧にパレットナイフで絵の具を塗っていった。一度描いた絵を塗り潰して、その上に次の絵画を描くための下地塗りをするように、何度も何度も青い絵の具を塗り重ねた。

「ネコニャの映像が消えたわ」

私はカウンセラーに告げた。

「彼はもう居ないわ」

カウンセラーがささやいた。

「ええ。ネコニャは居ない。もっと楽に生きたい」

八歳近くも年下の少年に、私はこの一年振り回された。ネコニャを愛しすぎた。夢中になりすぎた。そこに留まりすぎた。絹の光沢に幻惑されていた。

そんな私とは違い、ネコニャは私との一年を一瞬の出会いとしてしか捉えず駆け抜けていき、永遠に消えてしまった。私のことをその程度にしか見ていなかった少年に、身体を壊すほど執着しても仕方がないと思った。

私はゆっくりとつぶやいた。

「記憶は私次第で整理できるものなのだから」

蜥蜴の尻尾の先には、粘土の尾がついていた。

もうネコニャはいない。私が期待する答えは、何も出てこない。だから疑問のまま納めてしまうことがベストなのだろう。

私は再び壺の中へ、ネコニャの記憶のすべてを押し込み封印することにした。彼の眼差し、彼の声、彼の温もり、彼の顔。彼と私の関係。私の彼への想い。疑惑も、罪悪感も、得体の知れない何かも、それには含まれていた。とにかく今自分の中で蠢（うごめ）いている辛いもののすべてを、壺の中へ放り込んだ。

何度この作業を行ったことだろうか。

「私は誰かを好きになると、すべての支えをその人に求めてしまうのね」

私はカウンセラーに言った。彼女は何も答えなかった。

「先生。適当に社会と関わり、適当に自分の好きなものを保有して、適当に笑って、適当に泣いて、適当に付き合って、適当に別れる。それらのバランスを適当に取って、適当に生きていくことを私に教えてね」

「ええ。あなたは『自分が我慢すれば』って、辛くてもいろんなものを受け入れてしまうわ。もっと悪い人になってもいいのよ。適当に逃げることを知らないの。だから時々、『防波堤を高くしなさい』って、声を掛けてあげるわ」

「自分を守る術のことね。先生、時々私にそのことを忠告してね」

「大丈夫よ」

カウンセラーは微笑んだ。

ネコニャはそんな私を見透かしたように、すっと私の心に忍び込んできた。私が情に脆くて、彼を絶対に拾って真剣に愛すると彼は感じ取っていたのかも知れない。本物の猫のようだ。飼っているつもりが、いつの間にか飼われ、翻弄され、それが解っていても離せない。百閒先生の気持ちがよく解った。

私も百閒先生のように本物の猫を飼えばよかった。ネコニャが人間だから、私は期待してしまった。猫だったら、いなくなってもしょうがないかと思っただろうし、居座っていても、やっぱりしょうがないかと、諦めの目で見て笑っていられただろう。でも、今さら言っても仕方がないことだった。

私はイメージ世界で心の中にひょうたんの形をした洞窟を作った。小さい方が奥にあった。私は彼のことを納めた壺を、その一番奥に押し込んだ。くびれたところには、厳重にカーテンを引き、奥が見えないようにした。

そうやってネコニャのことを自分の心の隅っこへ片付けた。

「ずっと独りだったじゃない」

私は自分に言い聞かせた。

「けっこう上手に、独りで生きてきたじゃない」

もう一度つぶやくと深く息を吐いた。

「私は人が苦手なの。もう、それでいいじゃない。嫌いなものや苦手なものには関わらないのよ。『適当』ができないんだったら、初めから触らなければいい。自分にとって苦手なものには軽く触れるだけに留め、自分を思いっきり解放できるところを重くして、バランスを取るようにするのよ。苦しいことを無理にすることはないのよ」

私はカウンセラーを見つめてつぶやいた。こう告げたのは、監視役の私だったかも知れない。


私はそれから一週間かけて、家中に広げてしまった両親の物を片付けた。

年内には両親の死亡を認める通知が来るだろうから、処分できる物は捨て、形見として取っておくべき物は、丁寧に段ボール箱に納めた。同時進行で、私は旅行に出る手続きをした。これから初夏を迎えるニュージーランドで、二、三ヵ月ゆっくりすることにした。澄み渡る空と灼熱の太陽を見上げて、以前の自分に還るつもりだった。ネコニャと両親の両方に永遠の別れをし、自分のためだけに生きる生活に戻ろうと思った。

「きれいさっぱり、独りになるのよ」

これからは誰とも深く関わらないで生きていこうと思った。以前の私のように、肌に一枚コーティングを施して『寸止め』をし、誰の感情も侵入させないようにしようと決心した。私はネコニャに抱いた感情を、再び持つ気はなかった。もう忘我するほど一人の人間にのめり込んで苦しむのはいやだった。私は二度目の麻薬を打つ気はまったくなかった。あの幻覚に囚われるのはいやだし、囚われて忘我して、三度目を欲するようにはなりたくなかった。

「守るものもないし、ここに留まっている必要もない。空を見上げ、自分のために生きていきたい。以前は独りがとても気楽だったじゃない。ピアノさえあれば、私はどこででも生きていけるわ」

そうつぶやいた後、私は自分でも笑ってしまうくらい大きなため息をついた。

「あとは適当にやるのよ！」

吐き捨てて、自分を笑い飛ばした。

それは自虐的であり

……楽観的であり

……刹那的だった。

十一月が近づき、私は再び電気敷毛布を出した。けれど使うのは一週間だけだった。来週には、ニュージーランドへ行くことになっていた。

生活に関わっていたもろもろの手続きをすべて終えて、私はダイニングの椅子に座り、コーヒーを飲みながら居間からキッチンへと視線を移動させていった。

居間の隅には旅行に必要な物がすべて積んであった。キッチンの奥は薄暗く、正面にある食器棚が目に入った。両親の茶碗が入っていた。あれも処分しなければいけないと思いながら、視線を移動させていった。

立ったままだと見えない、ちょうど私の胃の辺りに来る棚が目に入った。奥の方にマグカップが伏せられていた。それを見つけた瞬間、思いがけず涙が溢れた。

気がつくと、私はイメージ世界へ入るときに使っている劇場の中にいた。私は舞台の上にたたずみ、ドレープがたくさんあるカーテンを、一枚また一枚と両腕を広げて開けていった。暗い洞窟の中にパステルカラーの光を放つ壺たちがあったが、私はそれらにまったく興味を持たなかった。「ああ、あるなぁ」と思いながら視界の隅に入れただけで、迷わず奥へと歩いていった。

そこには暗幕のようなカーテンが下がっていた。私は少し重みのあるそれをゆっくりと持ち上げた。右手に暗幕の重みがかかったが、力を入れてそれを引くと、真っ暗な洞窟の中に壺があった。唐草模様を施した焦げ茶色の壺は、幽玄な光を放っていた。

私がそれに近づくと、落し蓋のような薄い木の蓋が持ち上がって、裏面が半月の形を現した。

蓋の下からひょこっと白い子猫の耳が出てきて、私は呆気にとられた。蛇が出てくると思い込んでいた私は、ガリガリに痩せた子猫の肩を見た瞬間、心がちぎれそうなほど痛んだ。

子猫は悪戦苦闘しながら蓋を押し上げ、前足を壺の縁に掛けて戸惑うように左右を見ていた。やがてほぼ全身を壺から出すと、こわごわとした様子で地面を見つめ、一瞬躊躇してから飛び降りた。私に気がつき、じっと見つめるとほんの少し口を開けた。鳴いたのかも知れない。でも私には聞こえなかった。

真っ白い、痩せて針金のような子猫は、私に向かって歩きはじめた。また子猫の声を聞いたような気がした。私は子猫を拾い上げ、胸に抱きしめた。

「ネコニャ。あなたはどうしても私の中から消えないのね」

私は食器棚を開けた。

「あなたはいつまでこの家の中を徘徊するのかしら」

私は二つのマグカップを取り出した。それは二人で旅行をしたときに、記念に絵付けをした物だった。左手に載せている子猫が、また鳴いたような気がした。やがて子猫はカップと同化し、姿を消した。私はカップを握りしめて、部屋中を見回した。

陽炎のようにはかなく半透明なネコニャが家の中を歩きはじめた。

だぶだぶの白いコットンシャツをなびかせながら、コーラの缶を手にしてうろついていた。大きな身体を屈ませて冷蔵庫の中を覗き込み、ロールチキンを見つけて大喜びしていた。コーヒーを入れるとき、長袖を捲り上げたひじから手首までの線が、固い筋を浮かせてすっと伸びていた。ピアノ室のドアを開けて覗き込み、薄い唇を真横に引いて微笑んでいた。風が絹糸のような髪を踊らせていた。それをうるさそうに長い指で掻き上げた。でもさらさらと再び目元まで下りてきた髪を、ネコニャは上目遣いに見上げると、プルプルと顔を振って髪を分けた。私がそれを見て笑うと、彼はまたにっと笑って耳の横で拳を握り、招き猫の真似をしてドアを閉めた。

幻はいくらでも私の周りをうろつく。可愛らしかったネコニャだけが、そこここを歩き回っていた。

「ネコニャ。ネコニャ。どうしていなくなっちゃったの。どこにいるの？」

私はその場にぺたりと座り込んだ。愛した映像記憶だけは、どうしても捨てられなかった。

独りになって、自分のためだけに生きていこうと思ったのに、ネコニャの記憶が離れていかない。両手が心を鷲掴みにし、つきたての餅を二つに分けるように、両側に向かって引き伸ばしていた。右手に握っているのは、独りになろうとしている私。左手はネコニャを未だ愛している私を握っていた。その二つの心が、真っ二つに引き伸ばされてちぎれようとしていた。

「もう、どうしたらいいのか解らないわ」

私は混乱しはじめていた。ネコニャを捨てたいのに捨てられない。でも、いくら求めても彼はいない。

「薬を」

私は精神安定剤を求めて立ち上がった。無意識のうちに通常の二倍の量を口へ放り込むと、コンパクト・ディスクプレーヤーを握りしめ、ヘッドホンを耳に掛けた。大音響とともに、ボーカリストの声が私の脳内を満たし、ネコニャの輝きを追い出しはじめた。それが済むと、私は自分の身体を枯れ木の状態にするイメージを作り、外の刺激に対して心を閉ざした。

このすばやい行動は、監視役の私がしたのだろう。崩れてはいけないと叱咤する監視役が、まだ私の心の中で生きていた。

こうしておけば、人の感情は突き刺さらない。聞きたくない音は聞こえない。肌さえも無感覚になる。辛いことは何も考えないでいられる。私は私を保っていられるはずだ。

私は二つのマグカップを握りしめて家を出た。門を開けようとしてふとポストを見ると、透明な扉の奥に、家庭裁判所名が印刷された封筒が見えた。瞬時にあの通知だと理解した。

「もういい。すべて済んだ。みんなが私を置いていってしまった」

私はそれを手に取ることはしなかった。門を開け、ゴミの集積所に向かって歩き出した。

街路に植えられた桜の樹は、とうの昔に葉っぱをすべて振り落とし、自分だけになっていた。桜は葉を一年のサイクルで振り落とす。未練もなく、きれいさっぱりと捨て去ってしまう。落葉樹は何年も、何十年も、朽ちるまでそれを繰り返す。

たった一年で消えたネコニャは、落葉樹の花や葉だ。舞い落ちたそれらは、もう二度と元には戻らない。樹は、二度と同じ花や葉をつけることはない。

「樹は花にも葉っぱにも未練がないのね」

私は丸裸の樹を見上げた。でも私は未練がある。私から去っていった者に、私の想いは引きずられている。細い細い目に見えない触手が、いなくなってしまった者に絡みつこうと私の身体から這い出て、いろいろなところをさまよっている。でもその先端が彼らに辿り着くことはない。だから行き場を失った触手の先は、苦しみに悲鳴を上げながらうろついているだけだった。

「ああ、だめよ。彼らを求めてはだめなのよ」

ハイトーンの歌声が脳内を突き抜けていくイメージの中で、私は青空を見上げてつぶやいた。

響き渡る声とともに私の心を解放させながら、触手を消そうと試みた瞬間だった。『ピー』という小さな音がした途端、ふっとその声が消えてしまった。

「うそ！」

私は愕然とした。電池が切れたのだ。

「こんな所で」

私はうろたえた。彼の声が掻き消えた瞬間、全身が生身の状態に戻ってしまったのだった。外界のありとあらゆる気配が私に向かって突き刺さってきた。しかも、消そうとしていた触手は、まだ身体の外に出たままだった。触手は行き交う人の視線を捕らえ、私を惨めにした。自動車のエンジン音を掴み取り、鼓膜を突き刺した。すれちがう人の身体に触手が触れて、私は近づいてくる人に恐怖を抱(いだ)いた。

「何も悪いことをしていないわ。何も怖がるようなことはないわ。行きずりの人よ。通りすぎていくだけよ。私を見ているわけじゃないわ。私に話し掛けるわけでもないのよ。あ、早く人のいないところへ……」

私はつぶやきながら、集積所の片隅に逃げ込んだ。フェンスで四角に囲んであるそこの隅に立ち、両手にカップを持ったまま、あわてて全身に手を這わせた。身体中から出ている触手をすべて切り捨てようとしたのだった。それらを切り捨てて急いで家に逃げ帰り、電池を入れ換えて、もう一度精神安定剤を飲めば、まだ持ちこたえられるだろうと思った。私は身体に張りついた蛭を取るように、夢中で全身に両手を這わせ続けた。

突然、聞いてはならない音が耳に飛び込んできて、私の身体は凍りついた。蛭と化した触手が、その瞬間ぼたぼたと地面へ落ちていった。うつむくと、マグカップが二つとも粉々に砕け散っていた。私は呆然とそれを見つめた。捨てるつもりだったが、自分で壊す気はなかった。

「もうだめ」

なす術はなかった。何をどう処理したらいいのかまったく解らなくなった。一歩も動けず、私の感覚は異常な方向へとどんどん暴走しはじめた。

カップが飛び散った瞬間にそれが出した音が、まだ耳の中に残っていた。私はその音を聞いたところから、異常なイメージ映像の再生を始めようとしていた。

音が衝撃波となって私の足に当たったイメージが浮かび上がった。

私は自分の足首を見つめた。サンダルを引っかけただけの足に亀裂が入りはじめた。それはくるぶしから始まっていた。丁寧にそこを砕き、足の甲やふくらはぎへと亀裂は拡散していった。止めようもなくその亀裂は全身に拡がり、やがて私を粉々に砕くだろう。

私は硬直し、私が崩れ落ちる瞬間を待っていた。

「あーあ。割れちゃったね」

突然耳元で声がした。

「え?」

私は左後ろを見上げた。

ネコニャが背後に立ち、少し腰を屈めて私の耳に唇を近づけていた。彼の吐息を感じた瞬間、足元が崩れた。

「おっと」

ネコニャの腕が背後から私の脇に差し込まれ、みぞおちを締めつけた。

「大丈夫?」

ネコニャは私をくるっと半回転させて、自分と向き合わせた。見上げると、一年間狂うほど捜し求めていたネコニャが、薄い唇を真横に引いてにっと笑っていた。

私は言葉を失っていた。心臓が食道付近に押し上げられてきたような圧迫感があった。咽の辺りまで、どっきんどっきんと、心拍が響いていた。このままちょっとみぞおちに力を入れたら、心臓を吐き出してしまいそうだった。

「帰ってきちゃった」

ネコニャはにっと笑いながら言った。私は言葉もなく、目の前にある彼の胸に顔をつけ、細い腰に両腕を回した。間違いなくネコニャの腰の細さだった。

ネコニャの感触を確認した瞬間、私の時間はまるで観覧車に乗り続けているように始めと終わりが結びついた。彼の微笑んだ顔や温もりを得た瞬間の感動の中だけに、自分を存在させ続けようとしたのだった。私はリピートし続けていた。感激を永遠に続けようと、気持ちの高揚を何度も呼び起こしていた。

私たちは凹と凸がピッタリとはまり込んだように身体をつけて寄り添い、集積所に背を向けた。靴底で陶器が擦り潰される音と感触がしたが、まったく気にならなかった。それよりも、ネコニャの肌の温もりの方が重要な感触だったから、それを一平方センチでも多く自分に密着させると、感覚神経をすべてそこに集めて安心感を得ようとした。私のすべての感覚機能は触手となり、ネコニャの身体に絡みついていた。


家に戻ると私たちはピアノ室を開けた。

「ソファー、片付けちゃったんだね」

ネコニャは鴨居に両手を掛けてつぶやいた。

「だって、ネコニャいなくなっちゃったんだもの」

私は彼の胸の前に立ち、少し振り向いて彼を見上げた。

「ごめんね」

ネコニャはうつむき、ささやいた。そのしぐさがとても可愛らしく、以前のネコニャのままだったから、私は彼の前髪を摘まむと、少し引っ張った。伏せた目を戻し、私のその行為を上目遣いに見つめた瞬間、ネコニャは悪戯っ子のような笑顔になった。私の右手首を掴むと、荷物でも背負うかのように私を肩に担ぎ上げ、一気に階段を駆け上った。

「やっだー。何すんのよぉ」

私はネコニャの背中をぽかすか叩いた。

「決まってるじゃん」

ネコニャは私の部屋に入ると、ベッドに私を降ろした。

「ちょ、ちょっと待った。ネコニャ」

「何？」

彼は私のブラウスのボタンをすべて外して、乳房を出した。

「ちょっと、待って」

私は左の乳房を握りしめている彼の手を押さえた。

「何？」

彼は右の乳首を強く噛んだ。

一瞬で時間が逆流した。男という通有性に嫌悪した。肌の中一ミリに潜って、肌が重なることに吐き気がした。男は虫唾（むしず）が走る生き物だった。セックスなんか絶対にしたくないと思った。それなのに、ネコニャならいいか、と思っているのだった。

「ネコニャ、いいの？　私たち、いいの？」

私は問うた。

「どうして？」

「あの東の部屋は、あなたのために両親が用意したんじゃないの？」

ここへきて、まだこんなことを確認している自分がおかしかった。今さらどんな答えが返ってこようが、私がネコニャを離すわけはなかった。

「僕、あなたと血はつながっていないよ」

彼はふっと笑うと目を伏せて、何かをこぼすような表情をした。

「だから、いいんだ。あの時、そう決めたから、あなたを抱いたんだ」

あの時って？

聞きたかったが、ネコニャがそれをさせなかった。

「ちょっと痩せた」

私の身体の隅々まで点検し終えたネコニャがつぶやいた。

「ネコニャがいなくなっちゃったからよ」

「ごめんね」

私はネコニャを抱きしめ、彼が去ってからの日々を話した。心残りがあって、永遠の別れを認められずさまよったこと。ネコニャの物はすべて捨てたけれど、記憶だけは捨て切れなかったこと。そして疑惑を。

「うん。あれは僕だよ。四年生だった」

ネコニャは起き上がると、ぽつぽつと話しはじめた。

「僕、捨て子なんだ。寒い冬の夜、産院の前に捨ててあったんだって。だから僕は『冬也（トーヤ）』っていうんだ。僕の母さんは、僕をぽんっと捨てて、それっきりいなくなった。今でも生きているかも知れないけれど、僕は生後十数時間で、母さんと永遠の別れをした」

ネコニャは私を見下ろした。

「ここで僕を育てたはずだ」

私の下腹に手を当てた。彼の手の温もりが、子宮に伝わってきた。

「この胸で、一度くらいは僕を抱いてくれたかも知れない」

ネコニャは再び身体を倒した。

「あなたが僕を覚えていたように、おなかを痛めて僕を産んだ母さんは、僕を記憶しているだろうか」

ネコニャは私の胸の上でつぶやいた。

「母さんは僕を捨てた後、僕を産んだときの記憶を辿って、僕を思い出してくれただろうか」

彼の声が震えていた。泣いているのだと直感した。私はネコニャの頭を抱きしめた。

「ええ。きっと」

「それでも僕を捨てた。永遠の別れを、僕らはした」

ネコニャは本当に泣いていた。

「あなたの両親も同じだった」

　ネコニャは私を見つめると、大きな涙をこぼした。

　ネコニャは施設で育ったこと、私の両親が、里親制度に応募して彼の里親になり、盆正月をこの家で過ごしたことなどを話しはじめた。

「お父さんとお母さんは、あなたがいなくて寂しがっていた。僕が中学を卒業するとき、あなたも大学生最後の年になるから、そのとき僕を養子にするつもりだったんだ」

「その年になっていれば、私も許すと思ったのね」

　私は彼の髪を梳きながらささやいた。

「お母さん、年に二度しか来ない僕のために、あの部屋を用意してくれたんだ」

「あなたを可愛がっていたのね。だから私たちの時計は、ペアだったのね？」

「うん」

　ネコニャは私の身体に両腕を回して抱きついてきた。

「どうして言わなかったの？」

　私は彼の身体を抱きかえして揺らした。

「みんな、僕が知らないうちに、僕を置いていなくなっちゃった」

　ああ、そうだ。ネコニャは永遠の別れを二度もしたんだ。それも一方的に、彼が悪いわけでもないのに、捨てられたのだった。ネコニャと一面識もなかった私に、彼が何を言えようか。

「苦しい想いをしたね」

私はもう一度ネコニャを抱きしめた。ネコニャは永遠の別れを繰り返していた。捨てられては野良猫のように生きて、拾われてはまた捨てられて、本当の野良猫になっていたのだろう。

その繰り返しの中で生きていたから、自分のことを語らず、自分が存在している証拠を残さず、一瞬の出会いだったかのように振る舞い、消えてしまえたのではないだろうか。「永遠の別れなんて、けっこう簡単にできるんだ」とだけ言い残して。

「じゃあ、なぜ戻ってきたの？」

私は尋ねた。私の問いに、ネコニャは唇を横に引いてふっと笑いながらうつむき、何かが瞳からこぼれ落ちるような表情をすると、ゆっくり身体を起こした。

「この家に未練があったから？」

猫は家につくという。彼もそうなのかと思った。『私に？』と聞く自信はなかった。

「ううん。いや、それもあるけれど」

ネコニャは髪を掻き上げた。伏せられた目が、何か次元の違うものを見つめていた。

「確かにここは、僕が唯一家族として過ごしたことのある家だ。お父さんやお母さんとの思い出もある。でももう死んじゃったんだろう？　だからあなたが許してくれない限り、僕はここにいる権利がない」

「許していたじゃない！」

私はあわてて叫んだ。

「そうだったかも知れない。でも僕は、あなたとこの家に、執着しないようにしていたんだ」

ネコニャは私を見つめた。

「どんな奴とも、一瞬だけの付き合いだと思っていた。何かを期待したって、僕を本当に受け入れてくれる場所も、人間もないと思っていた。あなたのことも、そう思って見ていた」

解った。ネコニャの瞳からこぼれ落ちているものは、諦めだ。

突然、聞き忘れていたことを思い出した。

「あの時って、私たちが初めて抱き合った時、あなたは何かを諦めたのね？」

私は彼を見つめた。あの日、何があっただろうか。

「あなたはお父さんとお母さんの、失踪宣告を書いていた」

私は涙が溢れてきた。

「ごめんなさい」

「いいんだ。姉になるかも知れない人を、抱くわけにいかなかったからね。吹っ切れちゃったんだ。あなたと姉弟にはなれないと解って、それじゃあ、我慢することないなって思ったんだ」

「それでどちらかが飽きたら、消えればいいと決めたのね？」

ネコニャは私の言葉を、肯定も否定もしなかったが、唇を真横に引いて、ふっと笑った。諦めが瞳からこぼれ落ちていった。

私は彼を抱きしめた。

「好きに生きなさい。そんなにびくびくしながら生きていなくてもいいのよ」

「うん。あなたと暮らした一年間、僕は猫のように自由だった。あなたが一番僕を自由にしてくれた」

ネコニャは明るい日差しの中で微笑んだ。彼の白い頬が、ほんのりと温かそうに照らされた。

「さっき公園で、ひなたぼっこをしていたんだ」

ネコニャは私を抱き返した。

「隣りにおじいさんが座った。やがて僕にこう言ったんだ。『小春日和じゃのぉ。お日さんの胸の中にいるようじゃ』って。はるひさん。あなたの名前を聞いた瞬間、あなたとあなたのこの日溜まりの部屋が、無性に恋しくなってしまった」

ネコニャは私の胸に顔をすり寄せてつぶやいた。

「暖かいこの部屋と、あなたの笑顔の映像が、僕にまとわりついて離れないんだ。あなたと過ごした昼下がりの心地よさ。額にかかった髪を掻き上げてくれた、あなたの指の動き。あなたの肌の温かさ。懐かしくて、恋しくて、僕は涙が止まらなかった。どうしても、ここに戻りたくなった」

自分の想いを正直に伝えるネコニャの声は、かすかに震えていた。自分の想いを拒否されることを恐れているネコニャの不安が、私に伝わってきた。

——僕、もう要らない?——

暖かくなりはじめた頃、薄い布団に取り換えていた私を、ネコニャがベッドに座って見上げながらつぶやいた言葉を思い出した。いつも誰かに対して、彼は心の中でそうつぶやいていたのかも知れない。

私はネコニャの顔を両手ではさんだ。一瞬私を見つめたが、諦めの色が染みついた瞳は、すぐに私の視線から逃れようとした。

「うんと捜した。いっぱい泣いた」

私はネコニャの視線を逃さなかった。彼の瞳がうろたえたように、左右に揺れてから私を見つめた。

「ねぇ、ネコニャ。今日、両親の死亡が確定したの。私とあなたは、両親と永遠の別れをしたけれど、両親は私にあなたを遺してくれた。私は独りじゃない。あなたが帰ってきてくれて、本当に嬉しい」

私はネコニャの瞳を覗き込んで笑った。

「僕、ここにいていいの？」

「当然じゃない」

「僕、もう独りじゃない？」

「ここはあなたの家よ。東側の部屋は八年以上前から、あなたのものだったわ。両親があなたに遺した部屋よ。私がずっと取っておいた、あなたの部屋だわ」

ネコニャの瞳から、大きな涙がこぼれ落ちた。私はその涙にキスをした。まぶたにも頬にも鼻にも唇にも、いっぱいキスをした。彼の瞳から、諦めの色が逃げ出すまで、それを続けたいと思った。

やがてネコニャは、くすぐられた幼児がするように身体をよじり、無邪気な笑い声を立てはじめた。その瞳の中に、澄み渡る空を見上げる少年の姿が見えた。彼を、何かを志向する少年に生まれ変わらせたいと思った。

その眼差しを所有してくれれば、私も以前の私へと『再生』し、思いのまま自由に生きる私を取り戻せる気がしたのだった。先が欠けていない蜥蜴の尻尾を、私は持ち続けていたかった。

その理想を可能にするためには、ネコニャに安心して帰ってこられる場所を用意し、何かを所有させてやればよい。そうすれば、きっと彼は野良猫のようにうろつかなくなる。

掴みどころのない絹の光沢に似た輝きを放つこともなくなり、何かをきっちりと志向する、強い眼差しが放つ輝きを持つかも知れない。あのハイトーン・ボーカリストの声のように、何もかもを突き破って駆け抜ける少年になってくれるかも知れない。

ネコニャがどこへ行ってしまうか解らない、刹那的な生き方をしなくなれば、彼を見張らずにいられる。私は安心して、自分のために生きる時間を作ることができるだろう。

「ネコニャ」

私は彼に馬乗りになり、彼の顔に自分の胸を近づけた。彼は乳首をぱくっとくわえると、軽く歯を立てた。

「本当の弟になる手続きをしようか」

それが可能なことなのかどうかは知らない。ただ私は、ネコニャがもうどこへも行かないように鎖をつけて、つなぎとめておきたかった。ノラのように突然どこかへ消えてしまわないように、私の目が届くところへ縛りつけておきたかったのだ。

「あはは。弟とこんなことをしていたら、世間から後ろ指をさされるよ」

ネコニャは楽しそうにじゃれながら、私を見上げた。

「僕らはこのままでいいんだ」

彼が微笑んでつぶやいたわずか十三文字の言葉が、描いていた理想を一瞬で打ち砕いた。

だって……。

蛇を頭から飲み込むような不安が私を襲った。それは口腔にうごめく尻尾を残したまま、食道をのたうちながら胃まで辿り着いていた。

私を見上げているネコニャの目の色に、ムンクの『病める子』の眼差しが重なった。

どうして……？

私は美術館で買い求め、寝室の壁に掛けておいた『病める子』の複製画を凝視した。ベッドに横たわり、虚空を見つめている少女。彼女が見つめているものは、『死』であると同時に、『生への諦め』だ。私は呆然とした。その眼差しに、私は惹かれていた。ネコニャに惹かれたのは、その眼差しのせいなのだろうか？

私は愕然としながら、ベッドに横たわっているネコニャを再び見つめた。少女の眼差しによく似た彼の目が、私を虜にしていた。この諦めにも似た色をした眼差しが発する色が、私はどうしようもなく好きなのだ。それが、ふっと永遠に消えてしまう存在が放つ色だと解っていても、私を虜にして離さない。いつ、私の前からいなくなってしまうか、まったく予想できない『野良猫のような気まぐれ』の危うさだと解っていても、手放すという選択肢はなかった。好きなものは好きなのだ。どんなに絶望的な未来しかなかったとしても。

「そういうことだったのか……」

情けなかった。どうしてこんなにも好きなのかと、自分が惨めに思えて涙が出そうだった。

私はまぶたを閉じて、両手で顔を覆った。ネコニャが激しく子宮を突き上げながら、握りつぶすように乱暴に両方の乳房をいたぶっていた。痛みと快楽は紙一重のものだった。私はされるまま、身体をゆだねながらも、手で顔を覆い続けた。

私の脳裏に、鮮やかな映像が現れはじめた。

初めの映像は、抜けるような青空を見上げ、天空に向かって両手を広げている私だった。

「パステルカラーの壺をたくさん抱えた私だ」

私は頬に『ピンクのふかふか』を当てていた。

次の私は、子宮に与えられた快楽に震えていた。

「おんなだ」

排卵日を本能で察知できる女がいた。

ああ……。

最後の映像が視界のすべてを支配した。

心のものすごく深い場所にある暗闇で、一つの壺にスポットライトが当たっていた。焦げ茶色の唐草模様を施したあの壺だ。何かが……、怖くて覗くことができない何かが入っているそれを、大きな絹の布をマントのようにして羽織っているネコニャが、その布で自分とともにくるんで抱きかかえ、壺の口に手を掛けていた。

「永遠のさよならなんてさ、けっこう簡単にできるんだ」

そう言って出ていったときの、薄い唇を真横に引いてにっと笑ったあの顔だった。掴もうとしても掴めない、絹の繊細で幽玄な光沢が、背筋が凍るほどの強烈な光と陰を作り、ネコニャと壺を包み込んでいた。

それは恐怖と紙一重の美しさを持った絵画だった。

私はここへ来て、初めて気がついた。

ネコニャが私のあの壺を抱えている。あの壺から出てきたのは、真っ白い痩せた子猫だけだった。あれはネコニャだ。壺から出てきたのは、ネコニャだけだった。

私は愕然とした。では、私が一年かけて詰め込んだ他のものは？　私が嘔吐し続けたものは？

まだ、あの中にある。ムンクの『骨壺』の中身と同じものが入った私の『壺』を、ネコニャが抱えている。

今まさに『再生』を望んで壺から出てきたはずの私は、再び私の『壺』を抱いたネコニャに囚われようとしていた。

「それが解っているのに、アンタは二度目の麻薬を打つの？」

私の監視役の声がした。

「また繰り返すつもり？」

監視役が遠くでささやいていた。

「解らない。もう、どうしたらいいのか解らないわ」

私は答えた。

「バランスを保てないの？　適当なところで踏み留まり、欲するものを、適当な量だけ所有するのよ。できない？」

　絵画を冷視している監視役の私が問うた。

「無理。できないわ。私はまた『ネコニャ』という麻薬を打ってしまったの」

　そうつぶやいた私に、幻覚に酔いしれて焦点が定まらない目をした私がふらつきながら近づいてきた。彼女は私の口に指を突っ込むと、口腔でうねっていた蛇の尻尾を握った。恍惚とした眼差しでニコッと笑うと、私の口の中から一気に蛇を抜き出した。

　胃カメラが胃の中から抜かれるときのずるっとした感触とともに感じる、異物が取り除かれる解放感が私の食道を滑っていった。それが完全に口腔内から出た瞬間、私は真っ赤な唇から小さな快楽の声を上げた。同時に子宮に突き刺さるエクスタシーが最高潮に達した。

「私は『本』になろうとしている。なまめかしくめくれる本よ。エクスタシーの濁流から私を引き留めていた綱が、切れてしまった。流される……。もう、ネコニャがくれるエクスタシーから逃(のが)れられないわ。マリリン・モンローの真っ赤な唇がエロティックに開かれて、そこから私の吐息が漏れている。この快感に酔いしれていたい。私はこの快楽のためなら、何度でも麻薬を打つわ。監視役の私、もうあなたの声すら聞き入れられないわ」

　私はネコニャの上で身体を反らせた。激しく突き上がってくるエクスタシーが、つぶやきを途中で悲鳴に変えていた。何度も寄せてくるその波間で、絹地が放つような掴みどころがない幽玄な輝きが、フラッシュバックしていた。

監視役が支えようとしていたすべてのバランスは、荒波の中へ失われた。彼女はいなくなり、壺を抱いたネコニャだけが、絹の光沢を放ちながら、薄い唇を真横に引いて、少年の可愛らしい微笑みを浮かべていた。

「永遠のさよならなんてさ、けっこう簡単にできるんだ」

ひゃっけんセンセ。ひゃっけんセンセ。
ネコニャが帰ってきちゃった。
ノラもクルツもいなくなって
センセは泣きました。
『すでにへとへとであり　こちらが命からがらの状態である』と
センセは書かれています。
ひゃっけんセンセ。ひゃっけんセンセ。
私もへとへとです。命からがらです。

もう猫はいらないって
ネコニャを命からがら諦めたのに
ネコニャ　帰ってきちゃった。
嬉しい。すごく嬉しい。
でも　ネコニャは猫だから
またいなくなったらどうしよう。
『私はたつた一匹づつの猫でこんなにひどい目に遭ふ。さうしてその後を引いていつ迄も忘れられない。猫は人を悲しませる為に人生に割り込んでゐるのかと思ふ』
と書いておられるセンセ。
ネコニャがいれば　至福のときを過ごせるのに
いついなくなるかと思うと、怖くてたまりません。
怖いのに、私は二度目の麻薬に手を出してしまいました。
もう三度目を打つことに罪悪感はありません。
ひゃっけんセンセ。ひゃっけんセンセ。
この子は　私を悲しませるために
私の人生に割り込んできたのですか？

私は壺へ、悲愁や苦悩で嘔吐する私を
投げ込み続けるのですか?
その壺を……
ネコニャは、幽玄で掴みどころのない光沢を放つ絹地で覆い
この先も　ずっと抱いて
微笑んでいるのでしょうか?
いつか……いつか消えてしまうかも知れないネコニャです。
私はそれを知りながらも
甘美な足枷に囚われ続けるのでしょうか?
ひゃっけんセンセ。センセ?
教えてください……。

引用文献　「ノラや」改版　著者　内田百閒　中公文庫

柊　あると　活動歴

一九九七年　広島県民文化祭「現代詩の部」広島県知事賞
一九九八年　ふくやま文学選奨「小説部門」最優秀賞
一九九九年　吉備の国文学賞（翌回から「内田百閒文学賞」に改名）
「長編小説部門」「壺を抱いたネコニャ」最終選考
二〇一二年～二〇一五年　シンガー・ソング・ライター　ALTO
二〇一五年　ミニアルバム「平和という名の王女」リリース
「VOAT LIVE VOL．24」ベストステージング賞
（YouTube　動画あり）
二〇一八年　メフィスト賞　予選通過
二〇一九年　「壺を抱いたネコニャ」幻冬舎と出版契約

壺(つぼ)を抱(だ)いたネコニャ

2019年12月5日　第1刷発行

著　者　　柊　あると
発行人　　久保田貴幸
発行元　　株式会社 幻冬舎メディアコンサルティング
〒151-0051　東京都渋谷区千駄ヶ谷4-9-7
電話　03-5411-6440（編集）

発売元　　株式会社 幻冬舎
〒151-0051　東京都渋谷区千駄ヶ谷4-9-7
電話　03-5411-6222（営業）

印刷・製本　シナジーコミュニケーションズ株式会社
装　丁　　江草英貴

検印廃止

Printed in Japan
ISBN 978-4-344-92542-7　C0093
幻冬舎メディアコンサルティングＨＰ
http://www.gentosha-mc.com/